KB060688

맛을 찾는 탐정사무소

가모가와 식당

맛을 찾는 탐정사무소

가모가와
식당

가시와이 히사시 소설

이영미 옮김

문학사상

차례

맛을 찾는 탐정사무소

가모가와 식당

첫 번째 접시
뚝배기 우동

◇◇◇◇◇◇◇◇◇◇◇◇◇◇◇◇◇◇◇◇◇◇◇◇◇◇◇

추억의 맛을 찾아드립니다

히가시혼간지(東本願寺, 일본 교토에 있는 사찰)를 등지고 선 구보야마 히데는 무심코 트렌치코트 옷깃을 여몄다. 차디찬 바람결에 낙엽이 춤추듯 허공으로 날아올랐다.

"히에이 산에서 불어오는 바람이군."

횡단보도 신호가 파란색으로 바뀌길 기다리는 구보야마의 두 눈썹은 여덟 팔자 모양으로 변해 있었다.

예부터 '교토의 매서운 한파'라는 말이 있듯이, 삼면이 산으로 에워싸인 교토 분지는 한겨울이 되면 산에서 차디찬 바람이 불어온다. 구보야마가 나고 자란 고베에도 롯코 산에서 찬바람이 불어오지만, 추위의 질이 다르다.

쇼우멘 거리(正面通, 탱자나무저택, 히가시혼간지, 니시혼간지를 가로

지르는 교토의 동서 거리 중 하나)를 걸어가며 먼 곳을 바라보니, 히가시 산의 봉우리들이 하얀 눈으로 살포시 화장을 하고 있었다.

"실례합니다. 혹시 이 근처에 식당이 없습니까? '가모가와 식당'이라고 하는⋯⋯."

구보야마가 빨간 오토바이에 걸터앉은 우편배달부에게 물었다.

"가모가와 씨 댁이라면, 저쪽 모퉁이에서 두 번째 집입니다."

우편배달부가 지극히 사무적으로 길의 오른쪽을 손가락으로 가리켰다.

길을 건넌 구보야마는 장사를 접은 상가 건물 앞에 섰다.

지금은 식당의 모습을 갖추지 않은 2층짜리 건물이지만, 예전에는 간판과 쇼윈도가 버젓이 있었던 것 같다. 외벽 두 군데에 사각형 모양으로 하얀 페인트가 대충 칠해져 있었다. 그렇긴 해도 빈집 같은 적막감은 없고 사람 사는 온기가 느껴지는, 현재 영업 중인 식당 같은 공기가 흐르고 있었다.

무뚝뚝한 겉모습은 멀리서 온 손님을 거부하는 것도 같지만, 주위에 감도는 음식점 특유의 냄새는 손님을 끄는 것 같기도 했다. 안에서는 담소를 나누는 기척이 흘러나왔다.

"나가레다운 식당이로군."

구보야마는 옛 동료인 가모가와 나가레와 함께 지냈던 나날을 떠올렸다. 지금은 둘 다 퇴직했지만, 직장을 먼저 그만둔 사람은 후배인 나가레 쪽이었다.

구보야마가 식당을 올려다보고, 알루미늄 미닫이문에 손을 얹었다.

"어서 오세…… 어머나, 구보야마 아저씨네."

많이 놀랐는지 고이시가 둥근 쟁반을 든 채 잠시 멍한 표정을 지었다.

구보야마가 나가레의 외동딸인 고이시를 처음 본 것은 그녀가 갓난아기였을 때다.

"고이시짱, 더 예뻐졌구나."

구보야마가 외투를 벗었다.

"히데 씨가 어떻게 여길."

두 사람의 대화를 들은 나가레가 하얀 주방 가운 차림으로 주방에서 나왔다.

"역시 여기 있었군."

실눈을 뜬 구보야마가 활짝 웃는 둥근 얼굴을 나가레에게 돌렸다.

"용케 찾아내셨네요. 뭐, 아무튼 일단 앉으세요. 지저분하지만."

나가레가 수건으로 파이프 의자의 빨간 덮개를 훔쳤다.

"내 감이 아직 죽진 않았군."

구보야마가 추위에 곱은 손가락을 입김으로 녹이며 자리에 앉았다.

"몇 년 만인가요, 이게?"

나가레가 하얀 주방 모자를 벗었다.

"부인 장례식 이후로 처음 아닌가?"

"그때는 정말 고마웠습니다."

나가레가 감사인사를 하자, 고이시도 따라서 인사했다.

"뭐든 먹을 것 좀 줘. 배가 몹시 고프군."

젊은 남자 손님이 덮밥을 정신없이 그러넣는 모습을 곁눈으로 보며 구보야마가 말했다.

"처음 오신 손님에게는 주방장 마음대로 오늘의 추천 메뉴를 내오는데 괜찮을까요?"

나가레가 물었다.

"상관없어."

구보야마가 나가레와 눈을 마주치며 말했다.

"그럼, 바로 내오겠습니다. 잠깐만 기다리세요."

나가레가 모자를 쓰고 돌아섰다.

"아 참, 고등어는 안 돼."

구보야마가 차를 마시며 말했다.

"그 정도야 알죠. 오랜 세월 같이 일했는데."

나가레가 돌아보며 대답했다.

구보야마가 식당 안을 한 바퀴 빙 둘러보았다. 주방과의 경계선에 있는 카운터 자리 다섯 석에는 남자 손님이 단 한 명. 4인석 탁자에는 손님이 없었다. 벽에도 탁자 위에도 메뉴판처럼 보이는 거라곤 찾아볼 수가 없었다. 벽시계는 1시 10분을 가리키고 있었다.

"고이시짱, 차 좀 부탁해."

남자 손님이 깨끗하게 비운 덮밥그릇을 탁자에 내려놓으며 말했다.

"히로 씨, 밥 좀 천천히 먹으라니까. 그렇게 급히 먹으면 소화 안 돼요."

고이시가 기요미즈야키(교토 기요미즈테라 부근에서 구워내는 도자기) 찻주전자를 기울이며 말했다.

"보아하니 아직 시집은 안 간 모양이네."

구보야마가 히로라고 불린 남자와 고이시를 번갈아 쳐다보며 말했다.

"분에 넘치게 눈이 높다고 할까요."

나가레가 쟁반에 담은 요리를 내오며 말했다. 그러자 고이시가 그를 흘겨보았다.

"아버지가 엄청 완고하네."

구보야마가 눈을 휘둥그레 뜨며 말했다.

"대접할 만한 음식은 아닙니다. 요즘 유행하는 말로 하자면, '교토의 가정식'인 셈이죠. 옛날에는 이런 음식은 남에게 돈을 받고 내놓을 만한 요리가 아니었는데 말입니다. 그래도 히데 씨는 틀림없이 이런 음식을 드시고 싶어 할 것 같아서요."

나가레가 쟁반에서 작은 사발과 접시를 잇달아 탁자 위에 늘어놓았다.

"정답이야. 자네 감도 아직 쓸 만하군."

요리 접시를 눈으로 좇는 구보야마를 보며 나가레가 설명을 덧붙였다.

"대황과 유부조림. 비지 크로켓, 쑥갓두부 무침, 정어리 산초찜, 두부채소 튀김, 교토 녹차로 삶은 삼겹살, 생두부껍질 매실무침. 그리고 고이시가 담근 채소절임입니다. 하나같이 그다지 대수로운 음식은 아니죠. 굳이 들자면, 고슈 쌀로 고슬고슬하게 지은 밥과 토란 된장국이 그나마 대접할 만한 음식일 겁니다. 천천히 많이 드세요. 된장국에는 산초가루를 듬뿍 뿌렸으니 몸이 좀 녹을 겁니다."

나가레의 설명에 일일이 고개를 끄덕인 구보야마가 눈을 반짝였다.

"아저씨, 식기 전에 드세요."

얼른 먹으라는 고이시의 재촉에 구보야마가 산초가루를 휘저은 후, 된장국 그릇을 손에 들었다.

먼저 국물부터 한 모금 마신 후, 토란을 입에 넣었다. 구보야마는 꼭꼭 씹으며 맛을 음미하고, 고개를 두세 번 끄덕거렸다.

"뜨끈뜨끈하고 맛있군."

얄팍한 밥공기를 왼손에 든 구보야마가 뭘 먼저 먹어야 할지 고민하면서 잇달아 반찬그릇으로 젓가락을 뻗었다. 양념이 잘 밴 삼겹살을 하얀 밥 위에 얹어서 입으로 옮겼다. 꼭꼭 씹으며 음미하자, 입가에 저절로 미소가 번졌다. 바삭한 튀김옷을 베어 물며 안에 든 비지를 맛보았다. 두부채소 튀김을 혀에 올리자, 담백한 즙이 배어 나오며 입술 틈새로 흘렀다. 구보야마가 젓가락을 쥔 손으로 턱을 훔쳤다.

"밥 좀 더 드릴까요?"

고이시가 둥근 쟁반을 내밀며 물었다.

"이렇게 맛있는 밥은 오랜만이군."

구보야마가 싱글벙글 흐뭇해하며 밥그릇을 쟁반 위에 올렸다.

"천천히 많이 드세요."

고이시가 쟁반을 들고 주방으로 뛰어갔다.

"변변찮은 음식인데, 입맛에 맞으실지 모르겠습니다."

고이시와 엇갈리며 주방에서 나온 나가레가 구보야마 옆에 와서 섰다.

"훌륭해. 나랑 같은 분야에서 구른 인간이 만든 요리라고는 도무지 믿기질 않는군."

나가레가 눈을 내리떴다.

"구보야마 아저씨, 요즘은 어떻게 지내세요?"

고이시가 수북이 담긴 밥그릇을 건네주며 물었다.

"재작년에 정년퇴직했어. 지금은 오사카에 있는 경비회사에서 임원을 맡고 있고."

구보야마가 실눈을 뜨며 윤기가 자르르 흐르는 하얀 밥에 젓가락을 갖다 댔다.

"낙하산 인사라는 거군요. 뭐, 그것도 나쁘진 않죠. 그나저나 옛날이랑 전혀 달라지질 않았어요. 눈매도 여전히 날카롭고."

나가레가 구보야마와 눈을 마주치며 웃었다.

"쌉쌀한 쑥갓 맛이 제대로 살아있군. 교토에서나 누릴 수 있는 맛이야."

구보야마가 쑥갓두부 무침을 밥에 얹어 게 눈 감추듯 먹은 후, 오이절임을 오독오독 소리를 내며 씹었다.

"괜찮으시면 오차즈케(녹차에 밥을 말아먹는 요리)로 드시죠. 정어리 산초찜도 한 점 올려서. 고이시, 뜨거운 차 좀 드려라."

나가레의 말을 기다렸다는 듯이 고이시가 반코야키(욧카이치 시 부근에서 생산되는 도자기) 찻주전자를 기울이며 차를 따라주었다.

"교토에서는 산초찜을 '구라마니'라고 부른다며? 우리 쪽에서는 산초 열매를 넣고 찐 음식은 '아리마니'라고 하는데."

"자기 고장 자랑일까요? 구라마나 아리마나 산초 명산지로 유명하니까."

"난 몰랐던 얘긴데."

고이시가 놀라며 말했다.

오차즈케를 말끔하게 먹어치운 구보야마가 이쑤시개를 입에 물고 한숨을 돌렸다.

카운터 자리의 오른쪽 옆으로 쪽빛 포렴이 걸려 있는데, 그곳이 주방을 드나드는 출입구였다. 나가레가 드나들 때 살짝 들여다보니, 주방 한 귀퉁이에 다다미가 깔린 거실이 있었고,

벽 쪽에는 훌륭한 불단이 듬직하게 자리를 잡고 있었다.

"잠깐 참배라도 드릴 수 있을까?"

구보야마가 안을 들여다보며 묻자, 고이시가 불단으로 안내했다.

"아저씨, 왠지 회춘하신 것 같은데, 내 말이 맞죠?"

고이시가 구보야마의 양쪽 어깨에 손을 얹고, 얼굴을 요리조리 살펴보았다.

"어허, 어른을 놀리면 못써. 아저씨는 예순이 훌쩍 넘었는데."

불단에 향을 올린 구보야마가 방석을 한쪽으로 정리했다.

"마음 써주셔서 고맙습니다."

불단을 곁눈으로 보며 나가레가 고개를 숙였다.

"자네가 일하는 모습을 묵묵히 지켜보고 계시군."

구보야마가 꿇었던 무릎을 편안하게 풀며 주방에 서 있는 나가레를 올려다봤다.

"매섭게 감시당합니다."

나가레가 웃었다.

"그건 그렇고, 자네가 식당 주인이 될 줄은 꿈에도 몰랐는데 말이야."

"지금 막 그걸 물어보려는 참이었습니다. 우리 식당을 어떻게 아시고?"

나가레가 거실에 앉으며 물었다.

"우리 회사 사장이 둘째가라면 서러워할 미식가라 《요리춘추》의 애독자지. 그래서 중역실에도 그 잡지가 호별로 줄줄이 꽂혀 있어. 우연히 거기 나온 광고를 봤는데 느낌이 확 오더군."

"역시 '살무사 구보야마'답군요. 연락처고 뭐고 정보라곤 전혀 없는 그런 광고 한 줄로 제 식당이라고 알아채고 여기까지 찾아오시다니."

나가레가 감탄한 듯이 고개를 좌우로 갸웃거렸다.

"자네가 하는 일이니 뭔가 뜻한 바가 있겠지만, 좀 더 알기 쉽게 광고하면 어때? 그런 광고를 보고 여기까지 찾아올 수 있는 사람은 나 정도뿐일 텐데."

"그 정도면 됩니다. 너무 많이 와도 곤란하니까요."

"여전히 괴짜야."

"아저씨, 혹시 추억의 맛을 찾으시는 거예요?"

나가레 옆에 서 있던 고이시가 구보야마의 얼굴을 들여다보았다.

"뭐, 그런 셈이지."

구보야마가 입으로만 살짝 웃었다.

"지금도 데라마치 쪽에 사십니까?"

자리에서 일어선 나가레가 싱크대로 향하며 물었다.

"줄곧 그대로 주넨지 옆에 살지. 아침마다 가모 강변을 따라 데마치야나기까지 걸어가고, 거기서 게이한 전철을 타. 회사가 교바시에 있어서 편리해. 그나저나 무릎 꿇고 앉기가 꽤 힘들군. 늙으니까 다리가 통 말을 안 들어."

얼굴을 찡그린 구보야마가 느릿느릿 일어나서 탁자 자리로 돌아갔다.

"저도 그래요. 기쿠코의 기일에 스님이 와주시는데, 매번 여간 고역이 아닙니다."

"대단하네. 우리 집은 벌써 몇 년째 스님을 모시지 않는데. 집사람도 화 좀 났겠지."

구보야마가 안주머니에서 담배를 꺼내며 고이시의 안색을 살폈다.

"우리 식당은 금연 아니니까 상관없어요."

고이시가 알루미늄 재떨이를 탁자에 놔주었다.

"미안하게 됐군. 잠깐 한 모금만 피워도 될까요?"

구보야마가 손가락에 낀 담배를 히로에게 들어 보이며 양해를 구했다.

"물론이죠."

미소를 지은 히로도 생각이 난 듯이 가방에서 담배를 꺼냈다.

"젊을 때는 그렇다 쳐도 우리 나이가 되면 끊으시는 게 좋아요."

나가레가 카운터 너머로 말을 건넸다.

"만날 듣는 게 그 소리야."

구보야마가 담배 연기를 서서히 내뿜었다.

"재혼은 하셨습니까?"

"그래서 찾고 싶은 맛이 있다는 거야."

나가레의 질문에 구보야마가 눈을 가늘게 뜨며 담배꽁초를 재떨이에 비벼 껐다.

"잘 먹었습니다. 돈가스덮밥 맛있었어요."

히로가 카운터에 500엔짜리 동전을 탁 내려놓고, 담배를 입에 문 채 식당 밖으로 나갔다. 그 모습을 지켜보던 구보야마가 고이시에게 얼굴을 돌렸다.

"좋아하는 사람이니?"

"아뇨, 그런 거 아니에요. 그냥 손님이에요. 근처 초밥집 주방장."

뺨을 붉힌 고이시가 구보야마의 등을 가볍게 때렸다.

"고지식한 얘기 같지만, 히데 씨, 탐정사무소 소장은 고이시가 맡고 있어요. 이야기는 고이시에게 해주시겠습니까?
명색뿐인 사무실이지만, 일단은 안쪽에 마련해놨습니다."

"그렇군. 자 그럼, 고이시짱, 잘 부탁해."

구보야마가 엉거주춤한 자세로 일어서며 말을 건넸다.

"아저씨, 잠깐만요. 바로 준비하고 올게요."

앞치마를 푼 고이시가 주방 안쪽으로 황급히 사라졌다.

"자네는 여전히 홀아비로 지내나?"

구보야마가 다시 자리에 앉으며 물었다.

"여전히라뇨, 아직 5년밖에 안 됐는데. 제가 만약 후처를 들이면, 보나마나 집사람이 둔갑해서 나타날 걸요."

나가레가 차를 따랐다.

"그럼, 아직은 이르군. 난 올해로 딱 15년이야. 이제 슬슬 지에코도 이해해주겠다 싶어서."

"그렇게 오래됐습니까? 세월 참 빠르군요. 댁에 가서 형수님이 손수 만들어주신 요리를 얻어먹은 게 엊그제 같은데 말입니다."

"다른 건 몰라도 요리 하나는 천하일품인 아내였지."

구보야마가 나지막이 한숨을 내쉬었다. 한동안 침묵이 이어졌다.

"슬슬 가볼까요?"

나가레가 자리에서 일어서자 구보야마가 그의 뒤를 따라 갔다.

카운터 자리를 사이에 두고, 쪽빛 포렴이 걸린 출입구와는 반대편에 작은 문이 있었다. 나가레가 그 문을 열자, 좁고 긴 복도가 이어져 있었다. 아무래도 탐정사무소로 가는 통로인 듯했다.

"전부 자네가 한 요리야?"

구보야마는 복도 양쪽에 빽빽하게 붙은 사진들을 보면서 나가레를 따라갔다.

"군데군데 아닌 것도 있어요."

나가레가 뒤를 돌아보았다.

"이건……."

구보야마가 멈춰 섰다.

"뒤뜰에서 고추를 햇볕에 말리는 사진입니다. 집사람이 하던 방법을 어깨너머로 보고 배웠죠. 어림짐작으로 대충하는 겁니다."

"우리 집사람도 비슷하게 했었지. 그때는 참 성가시게 산다 했는데 말이야."

구보야마가 걸음을 내디뎠다.

"고이시, 아저씨 모셔 왔다."

나가레가 문을 열었다.

"번거로우시겠지만, 일단은 여기에 기입해주시겠어요?"

낮은 탁자를 사이에 두고, 고이시와 구보야마가 소파에 마주 앉았다.

"이름, 나이, 생년월일, 현주소, 직업…… 마치 보험이라도 드는 것 같군."

서류철을 건네받은 구보야마가 씁쓸하게 웃었다.

"아저씨는 아는 분이니까 적당히 쓰셔도 돼요."

"그건 아니지. 이래봬도 전직 공무원인데."

구보야마가 다 적은 서류철을 돌려주었다.

"성실하신 성격은 여전하시네."

해서체로 칸을 채운 서류를 훑어본 후, 고이시가 무릎을 모으며 자세를 바로잡았다.

"어떤 음식을 찾고 싶으세요?"

"뚝배기 우동."

"어떤 뚝배기 우동?"

고이시가 메모할 공책을 펼쳤다.

"옛날에 우리 집사람이 만들어줬던 뚝배기 우동."

"사모님이 돌아가신 지 꽤 오래됐죠?"

"15년."

"지금도 그 맛을 기억하세요?"

고이시의 질문에 고개를 끄덕이던 구보야마가 생각이 바뀐 듯 고개를 살짝 갸웃거렸다.

"대략적인 맛이나 어떤 재료가 들어갔는지는 얼추 기억이 나는데……."

"그걸 재현하려고 하면 그 맛이 안 난다는 말씀인가요?"

"역시 그 아버지에 그 딸이군. 대단한 추리력이야."

"아저씨, 설마 그걸 재혼한 사모님에게 만들어달라고 한 건 아니죠?"

"왜? 그럼 안 되나?"

"당연하죠. 그런 실례가 어디 있어요. 전처의 추억의 맛을 재현해달라니…… 말도 안 돼요."

"지레짐작이 빠른 것도 영락없이 아버지를 쏙 빼닮았어. 내가 아무리 낯짝이 두꺼운 사람이라도 그런 짓은 안 해. 그냥 맛있는 뚝배기 우동을 만들어달라고 부탁했을 뿐이야. 게다가 아직 정식으로 재혼한 것도 아니야. 회사 부하직원 중에 나랑 유독 잘 맞는 여성이 있는데, 그쪽도 이혼 경력이 한 번 있는 독신이지. 가끔 우리 집에 놀러 와서 밥을 해주곤 해."

"아하, 그래서 회춘하셨구나. 연애 중인 거네."

고이시가 눈을 치뜨며 놀렸다.

"이 나이에 연애는 무슨. 그런 달콤한 관계는 아니야. 차마시는 친구 같은 사이지."

구보야마가 살짝 쑥스러운 듯한 미소를 지으며 말을 이었다.

"스기야마 나미. 다들 나미짱이라고 부르지. 나보다 띠동갑 이상으로 젊지만, 회사에서는 까마득한 선배야. 경리를 혼자 책임지고 있고, 사장의 신뢰도 두터워. 그 사람이 나미짱인데, 마음이 아주 잘 맞더라고. 그래서 같이 영화를 보거나 절 순례도 하면서 즐겁게 지낸다고 할까."

"제2의 청춘이네요."

고이시가 웃으며 말했다.

"나미짱은 지금 야마시나에서 혼자 사는데, 고향은 군마현 다카사키야. 두 달 전쯤 어머니가 돌아가셔서 아버지 혼자 남으셨어. 아버지를 모셔야 하니 다카사키로 돌아가야겠다고 하더군."

"나미짱, 혼자요?"

"같이 가줄 수 있겠냐고 묻더군."

구보야마의 얼굴이 발갛게 물들었다.

"축하해요. 여성분한테 프러포즈를 받은 거네요."

고이시가 나지막이 박수를 쳤다.

"아들도 동의해줘서 그럴까 싶은데, 문제는 음식이야. 나미짱이 간토(關東, 도쿄를 중심으로 한 일본 동쪽 지역) 사람이라 놔서."

구보야마의 표정에 그늘이 드리워졌다.

"그래서 뚝배기 우동인 거예요?"

"팔불출처럼 애인 자랑할 마음은 없지만, 나미짱은 요리를 잘하는 편이지. 고기감자조림이나 영양밥 같은 일본식 요리도 잘하지만, 카레나 햄버그스테이크도 전문가 뺨치는 수준이야. 중국식 만두나 고기만두도 직접 만들고. 대부분의 요리에는 아무 불만도 없어. 어설픈 식당보다 훨씬 맛있으니까. 그런데 왠지 모르겠는데, 뚝배기 우동만은 아니거든. 최선을 다해서 만들긴 해. 그런데 옛날에 먹었던 맛과는 하늘과 땅 차이지. 사실 뚝배기 우동은 내가 제일 좋아하는 음식이야. 그런데 그게……."

"알겠어요. 아빠가 어떻게든 그 맛을 찾을 수 있을 거예요. 맡겨주세요."

고이시가 가슴을 탕탕 치며 말했다.

"맡겨두라고 큰소리치면서 아버지한테만 미루나?"

구보야마가 씁쓸하게 웃었다.

"아저씨, 조금만 더 자세하게 알려주세요. 국물 맛은 어땠고, 재료는 어떤 것들이 들어갔는지."

고이시가 펜을 잡고 받아 적을 자세를 취했다.

"국물이야 뭐, 교토 우동식당에서 흔히 내놓는 맛이지. 재료도 딱히 특별한 건 없었어. 닭고기, 파, 어묵, 후(麩, 글루텐을 주원료로 만든 가공식품), 표고버섯, 새우튀김과 달걀. 뭐, 그런 것들이지."

"우동은요?"

"요즘 유행하는 사누키 우동 같은 쫄깃함은 없어. 물렁물렁하다고 할까, 흐물흐물하다고 할까."

"교토의 고시누케 우동(면발의 탄력이 적고 부드러운 우동)이라고 부르는 거 말이죠? 대강 알겠어요. 그런데요, 아저씨. 나미짱에게도 이 레시피라고 할까, 어떤 뚝배기 우동인지 말하긴 했죠? 그런데도 다른 우동이 되어버린 거죠? 음……. 의외로 어려운 문제일지도 모르겠네요."

고이시가 얼굴을 찡그렸다.

"재료가 옛날과 다른 건지, 양념이 다른 건지. 잘 모르겠지만……."

"돌아가신 사모님께서 하신 말씀은 없었나요? 어느 가게의 우동 면이라거나 재료는 어느 가게에서 샀다거나."

"그때는 내가 음식에 별 흥미가 없었거든. ……흐음, 그리고 보니 마스 아무개니, 무슨무슨 레이니, 후지 아무개니 하는 말은 했던 것 같군."

"마스, 레이, 후지. 그리고 또?"

고이시가 펜을 쥔 채로 구보야마에게 얼굴을 돌렸다.

"장 보러 가기 전에 마치 염불처럼 읊조리곤 했지. 그것만은 아직도 귓가에 남아 있어."

"다른 것은요? 맛에 대한 기억 같은 건?"

"마지막에 쌉쌀하게 느껴졌던 기억이 나는군."

"쌉쌀하다고요? 뚝배기 우동이?"

"우동이…… 어찌 된 영문인지 다 먹었을 때쯤에는 늘 쌉쌀하더라고. 아니, 어쩌면 그게 아닐지도 모르지. 다른 음식이랑 같이 먹어서 맛이 섞여버렸을 거야."

"뚝배기 우동이 쌉쌀할 리가 없을 텐데."

고이시가 공책을 팔랑팔랑 넘겼다.

"마지막으로 딱 한 번만 그 뚝배기 우동을 먹을 수 있다면, 기분 좋게 다카사키에 갈 수 있을 것 같거든. 로마에 가면 로마법을 따르라. 그곳에 가면 그쪽 입맛에 익숙해져야지."

"음, 알겠어요. 기대하세요."

고이시가 공책을 덮었다.

구보야마와 고이시가 모습을 드러내자, 나가레가 리모컨으로 텔레비전을 껐다.

"말씀은 잘 들었니?"

"걱정 마시라고 말하고 싶지만……."

나가레의 질문에 고이시가 자신이 없는 듯 움츠러든 목소리로 얼버무렸다.

"어려운 사건이라고 봐야지. 아무튼 미궁에 빠지지 않게 잘 부탁하네."

구보야마가 나가레의 어깨를 두드리며 말했다.

"아저씨 인생의 제2막이 걸려 있으니까."

고이시가 채찍질을 가하듯 나가레의 등을 두드렸다.

"있는 힘껏 분발해보겠습니다."

나가레가 얼굴을 찡그리며 허리를 굽혔다.

"계산 부탁해."

구보야마가 외투를 걸치며 지갑을 꺼냈다.

"무슨 말씀이세요. 부조까지 해주셨는데. 보답할 것도 준비 못했습니다. 최소한 밥값만이라도 그냥 넣어두세요."

"허어 이런, 벌써 눈치챘나? 분향 촛대 밑에 숨겨 놨는데."

"수상한 거동은 안 놓칩니다."

두 사람이 얼굴을 마주 보며 웃었다.

"다음에 오실 날 말인데요, 아저씨. 다다음주 오늘도 괜찮으세요?"

고이시가 구보야마에게 물었다.

"2주 후라. 마침 회사도 쉬는 날이니 잘됐군."

구보야마가 수첩을 펼치고, 연필에 침을 묻혀 가며 표시했다.

"탐문 수사하던 시절이 떠오르는군요."

나가레가 실눈을 뜨며 말했다.

"오랜 세월 붙어버린 습관은 어쩔 수가 없군."

구보야마가 안주머니에 수첩을 넣고 밖으로 나오자, 얼룩 고양이가 쏜살같이 도망쳤다.

"왜 그래, 낮잠. 무서운 사람 아니야."

"집에서 키우는 고양이니? 아까는 없던데."

"5년쯤 전부터 여기 붙어살아요. 늘 낮잠만 자는 것 같아서 이름을 '낮잠'이라고 붙였는데, 좀 안됐어요. 아빠한테 늘 구박만 당해서."

"구박은 아닐 거야. 손님에게 음식을 대접하는 식당에 고양이가 들어오면 안 된다는 뜻이겠지."

나가레가 휘파람을 불며 불러봤지만, 맞은편 길가에 드러

누운 낮잠은 모른 척하기로 결심한 듯했다.

"자 그럼, 부탁하네."

구보야마가 서쪽을 향해 걸어갔다.

"이번에도 어려운 문제니?"

멀어져 가는 구보야마를 배웅하며 나가레가 옆에 서 있는 고이시의 얼굴을 쳐다보았다.

"어려운 거랑은 좀 달라. 구보야마 아저씨가 어떤 음식인지는 아시는데, 재현할 수가 없다고 하니까."

고이시가 미닫이문을 열었다.

"무슨 음식인데?"

식당으로 들어온 나가레가 의자에 앉으며 물었다.

"뚝배기 우동."

고이시가 맞은편 자리에 앉았다.

"어느 식당에서 먹은 우동인가?"

"돌아가신 사모님이 만들어주셨던 우동이래."

고이시가 공책을 펼쳤다.

"그렇다면 분명 어려운 문제로군. 지에코 씨는 요리를 아주 잘했고, 거기에 추억이라는 조미료까지 들어 있을 테니까."

나가레가 공책을 뒤적이며 말했다.

"아무리 봐도 평범한 뚝배기 우동이잖아? 그런데도 그 맛을 재현할 수가 없다는 거야."

"지에코 씨는 순수한 교토 토박이라 간 맞추는 방식은 대충 알겠고. 댁이 데라마치니까……."

나가레가 팔짱을 끼며 생각에 잠겼다.

"아빠가 돌아가신 사모님을 잘 알아?"

"아는 정도가 아니라, 손수 만들어주신 요리를 몇 번이나 얻어먹었어."

"그럼, 얘기가 빠르겠네."

"그런데 이 뚝배기 우동은 먹어본 기억이 없네."

나가레가 공책에 적힌 글씨를 꼼꼼히 읽어 내려갔다.

"이번에 만난 상대는 띠동갑 이상으로 젊은 여자분이래. 부럽지?"

"쓸데없는 소리. 아빠는 일편단심 엄마뿐이라고 늘 얘기했잖니. 그나저나 그 나미짱이라는 분은 조슈(군마 지역의 옛 지명) 사람이랬지?"

나가레가 얼굴을 들며 물었다.

"고향이 다카사키라고 했으니까, 아마 그렇겠지."

"다카사키라."

나가레가 고개를 갸웃거렸다.

"갑자기 뚝배기 우동이 당긴다. 아빠, 오늘 밤은 뚝배기 우동으로 할까?"

"오늘 밤만이 아니야. 당분간은 매일 저녁 뚝배기 우동이야."

공책에서 눈을 떼지 않은 채 나가레가 말했다.

인생 2막, 뚝배기 우동

　대부분의 교토 사람들은 1년 중 가장 추운 시기가 입춘 무렵이라고들 한다. 구보야마는 그 말을 새삼 실감하며 황혼이 드리우기 시작한 거리를 동쪽 방향으로 걸어갔다.

　어디선가 두부장수의 나팔 소리가 들려왔다. 책가방을 멘 초등학생이 조금이라도 빨리 집에 가고 싶은지 잰걸음으로 앞질러 갔다. 한 시대쯤 전으로 되돌아온 것 같은 착각이 들었다. 구보야마는 긴 그림자를 비스듬히 늘어뜨리며 '가모가와 식당' 앞에 섰다.

　얼굴을 기억하는지, 얼룩고양이 낮잠이 발밑으로 다가오며 몸을 스쳤다.

　"나가레한테 구박을 받는다더니, 그것도 아닌가 보군."

웅크려 앉아서 머리를 쓰다듬어 주자, 낮잠이 가르랑거리며 소리 내어 울었다.

"엄청 빨리 오셨네요, 아저씨. 얼른 들어오세요. 추워요."

미닫이문을 연 고이시가 몸을 움츠리며 말했다.

"밖에 놔두면, 감기 걸릴 텐데."

"고양이는 감기 안 걸려요. 안에 들여놨다가 아빠한테 들키면 난리 나요."

"고이시! 낮잠, 식당 안에 들이면 안 된다."

주방에서 나가레가 크게 소리를 질렀다.

"봐요, 제 말이 맞죠?"

고이시가 눈짓을 했다.

"해마다 둘이 하니?"

외투를 벗으면서 구보야마가 나지막이 물었다.

"둘이요? 뭘요?"

따뜻한 차를 내오면서 고이시가 물었다.

"마메마키(입춘 전날 액막이로 콩을 뿌리는 풍습) 말이야. '귀신은 밖으로, 복은 안으로'라고 외치면서 나가레가 콩을 뿌리고, 고이시짱은 '그럼요, 그럼요'라며 뒤따라 걷겠지. 지금도 교토다운 관습을 제대로 따르고 있군."

"어떻게 아셨어요?"

고이시가 눈을 휘둥그레 뜨며 놀라워했다.

"문지방 틈에 콩이 끼어 있잖아."

구보야마가 예리한 시선으로 바닥을 훑어보았다.

"진짜 옛날 습관이 여전하시네."

하얀 가운을 입은 나가레가 주방에서 얼굴을 내밀었다.

"조금 이른가? 그런데 도통 기다릴 수가 있어야지. 나이가 들면 점점 조급해져서 탈이야."

"점심을 드시지 말라는 무리한 부탁을 드려서 죄송합니다."

카운터 너머에서 나가레가 고개를 숙였다.

"자네가 시킨 대로 잘 지켰어. 아침 일찍 찻집에서 늘 먹는 모닝 메뉴를 먹은 뒤로는 아무것도 안 먹었으니까."

공복을 달래려는지 구보야마가 차를 단숨에 마셨다.

"이제 10분만 더 기다려주세요."

나가레가 말했다.

"나미짱이랑은 잘 지내세요?"

탁자에 상 차릴 준비를 하면서 고이시가 물었다.

쪽빛으로 물들인 식탁 깔개를 깔고, 호랑가시나무를 본떠 만든 젓가락받침대에 삼나무 젓가락을 내려놓았다. 우동을 덜어 먹을 작은 가라쓰야키(사가 현 가라쓰 시 및 그 부근에서 굽는 도자기) 사발을 한가운데 놓고, 오른쪽 끝에는 청자로 된 우묵한 사기 숟가락을 내려놓았다.

"지난주에 퇴직하고, 이미 다카사키로 돌아갔어. 사장님이 많이 아쉬워하더군."

구보야마가 잡지꽂이에서 석간신문을 뽑아 들었다.

"그럼, 요즘은 외식만 하시는 거예요?"

"점심, 저녁 다 편의점 도시락으로 때우다 보니 슬슬 질리긴 해."

펼친 신문을 내리며 구보야마가 웃었다.

"조금만 참으면 되잖아요. 그쪽에 가시면 장밋빛 인생이 기다릴 테니."

고이시가 눈을 반짝거리며 말했다.

"이 나이에 장인어른을 모시고 살아야 해. 그리 만만치는 않겠지."

"낙이 있으면 고생도 있는 법. 인생이란 게 원래 단맛 쓴맛이 섞여 있잖습니까."

나가레가 짚으로 엮은 냄비받침을 식탁 깔개 왼쪽 위에 내려놓았다.

"드디어 등장인가?"

구보야마가 신문을 접고, 파이프 의자에서 자세를 고치며 바로 앉았다.

"아뇨, 신문은 그대로 보세요. 옛날에 드셨을 때랑 똑같이."

나가레가 그 말을 남기고 돌아섰다.

"어떻게 알았어?"

이번에는 구보야마가 눈을 껌벅거리며 놀라워했다.

"저도 옛날 습관은 여전하니까요."

뒤를 돌아보며 나가레가 살짝 웃었다.

"마치 영화의 한 장면 같아요. 옛날에 단짝으로 일했던 늙은 형사 두 사람이 재회하는 이야기."

고이시가 두 사람을 번갈아보며 말했다.

"늙었다는 말은 쓸데없이 왜 붙이나."

구보야마가 혀를 찼다.

"고이시. 잠깐 와줄래."

주방으로 들어간 나가레가 손짓을 했다.

"마무리는 제가 해야 한대요."

"잘 부탁한다."

구보야마가 고이시의 등에 대고 말했다.

주방으로 들어간 고이시에게 나가레가 뭐라고 지시를 내렸다. 구보야마는 나가레가 시킨 대로 신문을 펼치고, 딱히 읽지도 않으면서 지면에 시선을 떨어뜨리고 있었다. 곧이어 향기로운 국물 냄새가 감돌았다. 구보야마는 자기도 모르게 코를 벌름거렸다.

"시간대는 다르겠지만, 아마 이런 느낌이었을 겁니다."

구보야마와 마주 앉은 나가레가 리모컨을 조작하자, 조왕신을 모셔 둔 선반 옆 텔레비전에서 저녁뉴스 프로그램이 흘러나왔다.

"일을 마치고 집으로 돌아온다. 옷 갈아입기조차 귀찮다. 겉옷을 벗고 넥타이만 느슨하게 풀어헤친 후 밥상 앞에 앉는다. 신문을 펼치고 텔레비전을 켜면, 부엌에서 맛있는 국물 냄새가 흘러나온다."

나가레가 말을 이어가자, 눈을 감은 구보야마가 얼굴을 천장으로 들었다.

"그 무렵에는 우리 집도 마찬가지였어요. 집에 들어가면 기진맥진 녹초가 돼서 아무것도 할 수 없었으니까. 말도 하고 싶지 않죠. 배는 고프고. '빨리 밥 줘'라고 아내에게 괜히 소리만 치고……."

나가레가 한숨을 내쉬었다.

"'텔레비전 안 볼 거면 끄라니까'라며 집사람이 야단을 치곤 했지."

구보야마가 말을 받았다.

"그럼 우리는 '텔레비전 보는 것도 업무야'라고 받아치죠."

"형사들의 집은 어디나 같았겠지."

나가레와 구보야마가 주거니 받거니 대화를 이어갔다.

"이제 슬슬 달걀 넣어도 될까?"

주방에서 고이시가 큰 소리로 물었다.

"그전에 작은 단지에 든 것부터 냄비에 넣어라."

나가레가 주방을 향해 말했다.

"다 넣어?"

"다 넣어. 잘 섞이게 국자로 휘젓고. 그런 다음에 센 불로 한 번 끓여. 보글보글 끓어오르면 그때 달걀을 깨 넣고, 불을 꺼. 바로 뚜껑 덮고. 꽉 닫으면 안 돼. 살짝 숨통은 트이게 덮어."

나가레가 지시를 내렸다.

"타이밍이 중요한가 보더라고, 뚝배기 우동이란 음식은. 다 됐는데도 마냥 신문만 읽다가 아내한테 자주 야단을 맞았지."

"'빨리 드시라니까. 우동이 붇잖아요'라고 하셨죠?"

나가레가 추임새를 넣듯 장단을 맞췄다.

"자, 완성됐습니다."

고이시가 주방 장갑을 낀 양손으로 김이 모락모락 피어오르는 뚝배기를 내왔다.

"어때요? 옛날 냄새랑 똑같죠?"

나가레의 말에 코를 뚝배기에 가까이 대던 구보야마가 수증기 열기에 놀라 물러났다.

"허 참, 신기하네. 나미짱의 뚝배기 우동에서는 이런 냄새가 안 난단 말이야."

구보야마가 고개를 갸웃거렸다.

"천천히 드세요."

자리에서 일어선 나가레가 고이시와 함께 주방으로 물러났다.

구보야마가 두 손을 모아 쥔 후 뚝배기 뚜껑을 열자, 수증기가 순식간에 열기를 확 뿜었다.

청자 사기 숟가락을 들고, 먼저 국물부터 한 모금 맛보았다. 구보야마가 고개를 크게 끄덕거렸다. 젓가락으로 우동 면발을 집어 들었다. 후루룩후루룩 소리를 내며 빨아들이자, 뜨거운 열기에 목이 메었다. 뚝배기 밑바닥의 파를 집어서 우동 면발에 감아 입안에 넣었다. 닭고기를 씹으며 맛을 음미했다. 어묵을 베어 물었다. 그때마다 구보야마는 '응응' 하며 고개를 끄덕였다.

조금 전까지 차갑게 얼어붙었던 몸이 순식간에 훈기를 띠었고, 이마에서는 촉촉하게 땀이 배어 나왔다. 구보야마가 웃옷 주머니에서 손수건을 꺼내 이마와 뺨을 훔쳤다.

그제야 생각이 난 듯이 새우튀김을 집어 들고, 젓가락으로 반을 가른 후 대가리 쪽만 입안에 넣었다.

"꼬리 쪽은 달걀이랑 섞어 먹을 건데, 문제는 그 달걀이란 말이야. 노른자를 언제 깨뜨릴까? 그런 고민을 하면서 먹는 게 바로 뚝배기 우동의 묘미거든."

구보야마가 미소를 지으며 혼잣말을 했다.

"어떠세요?"

나가레가 조심스럽게 구보야마 옆에 와서 섰다.

"거 참, 신기하네. 옛날 맛 그대로야. 나미짱한테도 똑같이 가르쳐줬는데 말이지."

구보야마는 젓가락질을 멈출 수 없는 것 같았다.

"음식 맛은 그때그때 기분에 따라 크게 좌우됩니다. 구보야마 씨는 틀림없이 나미짱의 요리를 먹을 때, 긴장하셨을 겁니다."

나가레가 부드러운 눈길을 던지며 말했다.

"마음의 준비를 했던 건 사실이지."

구보야마가 다시 손수건으로 땀을 훔쳤다.

"조금 차이는 있을지 모르지만, 편한 마음으로 먹으면 옛날에 먹었던 것과 나미짱이 만들어준 뚝배기 우동도 그리 큰 차이는 없을 겁니다."

나가레가 구보야마의 맞은편 자리에 앉았다.

"그래도 역시 맛은 전혀 달라. 대체 무슨 요술을 부린 거야?"

구보야마가 납득할 수 없다는 듯이 말했다.

"추리라고 말씀해주시면 좋겠는데."

"아직도 심문하는 버릇이 나온다니까."

구보야마가 미소를 지으며 우동을 먹었다.

"일단 국물이죠…… 라기보다는 사모님이 어디서 장을 봤는가. 거기서부터 시작했어요. 그래서 지금 사시는 주넨지 부근을 다녀왔습니다. 히데 씨는 옛날부터 이웃들과의 교제가 별로 없었던 모양이지만, 부인들끼리는 친하게 지내셨던 것 같아요. 근처 이웃 분들에게 물어봤더니, 지에코 씨를 또렷하게 기억하고 계시더군요. 같이 장을 보러 다니셨던 모양이에요. 그곳이 바로 이 '마스가타 상점가'죠. 그 왜, 데마치에 있잖습니까?"

나가레가 지도를 펼치고 펜으로 가리켰다.

"콩떡을 사려고 줄을 길게 늘어서는 떡집이 있는 곳 말이지?"

구보야마가 젓가락을 든 채로 고개를 틀며 말했다.

"그건 '데마치 후타바'라는 가게예요. 그 옆길로 들어간 곳에 있는 시장이 '마스가타 상점가'죠. 외부에 잘 알려진 니시키 시장이랑 다르게 지역 사람들이 많이 찾는 상점가예요. 장보기는 대부분 거기서 하셨던 것 같더군요. 다양한 업종이 갖춰져 있어서 다시마와 가다랑어포 같은 국물 재료는 이곳 '후지야', 닭고기는 '도리센', 채소는 '가네야스'로 사모님이 정해 두고 사셨다고 합니다. 지금도 이웃 부인들은 다른 데 한눈팔지 않고 여기서 사시더군요."

나가레가 상점가의 팸플릿을 보여주었다.

"같은 식재료라도 사는 가게에 따라 그렇게 다른가?"

구보야마가 닭고기를 씹으면서 물었다.

"하나하나는 크게 다르지 않을지 몰라도 한데 합쳐져서 완성된 음식은 상당한 차이가 나겠죠. 예를 들면 국물을 내는 다시마는 '후지야'에서 마쓰마에산産 1등품 다시마를 샀고, 가다랑어포는 소다카쓰라는 고등어포를 섞어 사셨어요. 거기에 눈퉁멸을 더 넣어서 우동 국물을 낸다고 지에코 씨가 이웃 부인들에게 말했다고 합니다."

"우동 국물을 내는데 그렇게 손이 많이 가나? 나미짱은 분말가루 조미료를 애용하던데. 그러니 당연히 맛이 다를 수밖에."

구보야마가 젓가락으로 표고버섯을 집었다.

"국물만이 아닙니다. 그 표고버섯도 마찬가지예요. 생표고버섯을 햇볕에 한 번 말렸다가 그걸 다시 불려서 달짝지근하면서도 짭짤하게 조리죠. 그래서 씹으면 버섯의 깊은 맛이 진하게 배어 나오는 겁니다."

"아하, 햇볕에 말리곤 했던 게 표고버섯이었군. 손이 꽤 많이 갔겠어. 그러고 보니 나미짱은 분명 생표고버섯을 조렸지."

구보야마가 표고버섯의 맛을 찬찬히 음미했다.

"그렇긴 해도 우동 면발을 직접 밀거나 튀김을 그때그때 튀겨서는 성질 급한 히데 씨에게 맞출 방법이 없겠죠. 그래서 우동과 새우튀김은 '하나레이'라는 작은 가게에서 사다 쓰셨던 것 같아요. 맛이 똑같죠? 주인에게 물었더니 면 반죽이나 새우 튀기는 방식은 선대 때부터 그대로 고수하고 있다더군요."

"마스 아무개니, 후지 아무개니, 레이 아무개니…… 장보러 가기 전에 늘 확인하곤 했었지."

"뚝배기에 다시마와 큼지막하게 자른 구조네기라는 파를 깔고 국물을 붓습니다. 히데 씨가 밥상 앞에 앉으면 불을 켜죠. 아마 그런 순서였을 겁니다. 국물이 끓어오르면 닭고기를 넣고 한소끔 끓인 후에 우동을 풀어 넣습니다. 마지막에 어묵과 후, 표고버섯, 새우튀김을 올리고, 달걀을 깨 넣어요."

나가레가 조리하는 순서대로 설명했다.

"메모해 둬야겠군."

수첩을 꺼내려는 구보야마를 나가레가 말렸다.

"조리법은 잘 정리해서 드릴 겁니다."

"나미짱에게 보여줘야겠어."

"미리 말씀드리지만, 그렇다고 똑같은 국물이 나온다는 보장은 없습니다."

"왜? 그 가게에 부탁해서 다시마랑 가다랑어포 같은 재료를 보내달라고 하면 되는데. 조금 비싸도 상관없어. 나미짱은 요리를 잘하니까 맛을 제대로 살릴 수 있을 거야."

구보야마가 납득할 수 없다는 표정을 지었다.

"물이 다르잖습니까. 교토는 단물이지만, 간토 지방은 경도(硬度, 칼슘염과 마그네슘염이 함유되어 있는 정도)가 높을 거예요. 그러면 다시마 맛이 잘 우러나질 않죠. 교토에서 물을 가져가는 방법도 있지만, 그러면 신선도가 다를 테고."

"흐음 그래, 물이 다르군."

구보야마가 힘없이 어깨를 늘어뜨렸다.

"잠깐 재미있는 실험을 해보죠."

자리에서 일어선 나가레가 냉장고에서 물이 든 컵 두 개를 꺼내 구보야마 앞에 내려놓았다.

"마시고 맛을 비교해보세요."

"A와 B라. 날 시험하겠다는 건가?"

구보야마가 A, B 표시가 붙은 컵 두 개를 하나씩 입으로 가져갔다.

"어느 쪽이 맛있습니까?"

"양쪽 다 그냥 맹물이지만, 내 입에는 A가 맛있는데. 더 순하고 부드럽게 느껴져."

구보야마가 A 표시가 붙은 컵을 들어 올렸다.

"A는 '마스가타 상점가' 근처에 있는 두부가게에서 쓰는 우물물이에요. B는 히데 씨의 고향인 미카게의 양조장에서 쓰는 지하수고. 히데 씨는 이미 교토 물맛에 익숙해진 겁니다. 물이 안 맞는다는 표현을 자주 쓰는데, 실은 우리가 물에 맞출 수밖에 없겠죠. 물은 변할 수 없으니까요. 그 물에 맞춰서 요리하면 되는 겁니다. 히데 씨도 다카사키에 가시면 그쪽 물에 익숙해져야 할 겁니다."

나가레가 단호하게 말했다.

"그거야 알지. 어쨌든 마지막에 이 뚝배기 우동을 맛볼 수 있어서 정말 다행이야. 확실하게 맛을 기억해둬야겠군.”

구보야마가 사기 숟가락으로 정중하게 국물을 떴다.

“겨울철에는 사흘이 멀다 하고 드셨죠?”

“내가 좋아하는 음식이란 걸 아내가 잘 알고 있었으니까. 추울 때는 손쉽게 만들 수 있고 맛도 좋잖아.”

“밤낮이 따로 없는 생활이었는데도 사모님이나 우리 집사람이나 참 잘 버텨줬어요. 느닷없이 집에 들어와서는 당장 밥을 차려 내라고 터무니없는 떼를 쓰곤 했는데 말입니다.”

나가레가 탁자로 시선을 떨어뜨렸다.

“우울한 얘기는 그만! 아저씨 인생의 2막이 코앞에 다가온 때잖아.”

눈이 촉촉하게 젖은 고이시가 찬물을 끼얹었다.

“쌉쌀하군.”

구보야마가 입안에서 노란색 조각을 끄집어냈다.

“유자 껍질입니다. 사모님께서 향을 살리려고 넣으셨죠.”

나가레가 말했다.

“아하, 그래서 쌉쌀한 맛이 났던 거로군.”

구보야마가 뚫어져라 유자 껍질을 쳐다보았다.

“보통은 위에 얹는데, 그러면 히데 씨가 휙 건져버릴 게 빤하죠. 그래서 사모님은 뚝배기 바닥에 유자 껍질을 숨겨뒀어요. 히데 씨가 '쌉쌀하다'고 말하면, 마지막까지 국물을 다 마셨다는 표시죠. 사모님께도 맛있게 먹었다는 뜻이 전해지는 겁니다."

"훌륭한 추리야. 지역 탐문 수사도 완벽했고. 마음속에 그렸던 바로 그 뚝배기 우동이었어."

구보야마가 사기 숟가락을 내려놓고, 두 손을 모아 쥐었다.

"다행입니다."

"이제는 기분 좋게 다카사키에 갈 수 있겠네요."

고이시의 말에 구보야마가 말없이 고개를 끄덕였다.

"탐정 수고비는 얼마나 지불하면 될까?"

구보야마가 지갑을 꺼내며 물었다.

"저희는 손님이 정해주시는 대로 받아요. 적당하다고 생각하시는 금액을 여기로 송금해주세요."

고이시가 구보야마에게 메모지를 건넸다.

"배포 크게 두둑이 보내도록 하지."

구보야마가 트렌치코트를 걸쳤다.

"부디 건강하십시오."

미닫이문을 열고 나가레가 배웅을 했다.

"해마다 몇 번은 성묘하러 올 테니 가끔 들르지. 그때는 맛있는 음식 부탁하네."

밖으로 나간 구보야마의 발밑으로 낮잠이 몸을 비비며 다가왔다.

"나미짱이랑 사이좋게 지내셔야 해요."

고이시가 낮잠을 품에 안으며 말했다.

"조슈 명물이 뭔지 아세요?"

나가레가 구보야마에게 물었다.

"북풍과 엄처시하(嚴妻侍下, 아내에게 쥐여사는 남편의 처지를 놀리는 말)."

"아시면 됐어요."

나가레가 빙그레 웃었다.

"아저씨, 감기 조심하세요."

"네가 빨리 시집을 안 가면, 나가레가 후처를 못 들여."

"말씀 안 하셔도 갈 거예요."

고이시가 입을 삐죽 내밀었다.

"나가레. 조금 궁금한 게 있는데 말이야."

떠나려고 하던 구보야마가 나가레를 바라보았다.

"뭡니까?"

"분명 옛날 맛 그대로라 맛은 있었는데, 소금 간이 살짝 강한 것 같던데."

"기분 탓일 겁니다. 지에코 씨가 만들었던 국물 맛 그대로 일 거예요."

나가레가 단호하게 잘라 말했다.

"그런가. 기분 탓인가? 아무튼 정말 고맙네. 덕분에 뚝배기 우동 맛은 확실하게 기억했어."

구보야마가 입가를 가리키며 말했다.

"건강하세요."

푸른 어둠으로 휩싸이기 시작한 쇼우멘 거리 서쪽으로 걸어가는 구보야마에게 고이시가 인사를 건넸다.

"오래도록 행복하게 지내세요."

뒤를 돌아보는 구보야마에게 나가레가 깊이 고개를 숙여 인사했다.

"기뻐해주셔서 다행이다."

식당으로 돌아온 고이시가 정리정돈을 시작했다.

"저 나이에 낯선 땅에서, 게다가 장인까지 모시고 산다니. 고생이 만만치 않겠어."

나가레가 하얀 가운을 벗어서 의자 위에 걸쳤다.

"좋잖아 뭐, 달콤한 신혼생활이 기다리고 있을 텐데."

"글쎄다, 과연 어떨지. 난 이제 필요 없다. 평생토록 기쿠코 한 사람뿐이야."

"어머, 아빠, 제일 중요한 조리법 드리는 걸 깜박했어! 아직 근처에 계실 테니까 갖다드리고 올게."

"됐어. 언제까지고 교토에 붙잡아둘 순 없지. 이제 그만 사모님 요리는 잊고, 그쪽에 가서 나미짱이 만드는 요리를 맛보면 돼."

"그렇지만 구보야마 아저씨가 가지러 오실지도 모르는데."

"히데 씨도 이미 알고 있어."

"그럼 다행이지만."

"우리도 슬슬 저녁이나 먹을까. 배가 고프구나."

"오늘도 또 뚝배기 우동이지?"

"아니야. 오늘은 냄비 우동이야."

"그게 그거지, 뭐."

"히로 씨한테 전화 왔는데, 물 좋은 아카시 도미가 들어왔다더라. 그걸 가져올 테니 도미 맑은탕을 끓여 먹자던데."

"정말! 그럼, 도미 맑은탕을 먹고 나중에 우동을 넣을 거지? 아 참, 생각났다. 아까 마지막에 넣은 게 뭐였어? 작은 단지에 들어 있던 거."

"즉석 국물용 조미료야. 그쪽에 가면 그런 맛에 익숙해져야 할 테니까."

"그러니 간이 세다고 하지."

"'이게 아내의 맛이다.' 히데 씨가 그렇게 믿어준다면, 그쪽에 가서 맛이 조금 진해도 납득할 수 있겠지. 분명 같은 맛이라고 생각할 테니까."

"그럼, 아예 처음부터 넣는 게 좋지 않나?"

"맛이 그렇게 진하면, 남은 국물로 도미 맑은탕을 끓일 수 있겠니?"

"역시 우리 아빠야."

고이시가 나가레의 등을 두드렸다.

"눈이 오는구나."

나가레가 창밖을 내다보았다.

"진짜네. 눈 온다!"

"오늘 밤은 설경을 즐기며 한잔해야겠구나."

"내가 딱 맞는 술을 사다 놨지."

고이시가 냉장고에서 술병을 꺼냈다.

"'설중매'잖니. 조금 달긴 해도 도미 맑은탕에는 아주 잘 맞겠구나. 네 엄마도 좋아할 만한 술이고."

나가레가 부드러운 눈길을 불단 쪽으로 돌렸다.

두 번째 접시

비프스튜

첫 번째 프러포즈의 비밀을 찾아드립니다

히가시혼간지 정문 앞에 늘어선 은행나무 잎들도 모조리 떨어졌다.

한 해를 마무리하는 12월에 접어들어서 그런지 경내에서 는 스님들이 이리저리 바쁜 걸음을 재촉하고 있었다. 그렇다 보니 전통의상을 곱게 차려입은 두 노부인의 모습은 싫든 좋 든 사람들의 눈길을 끌기에 충분했다. 쇼우멘 거리에 있는 승복 가게에서 큼지막한 종이상자를 품에 안고 나온 점원이 대체 누구인가 궁금해하듯 두 사람에게 시선을 돌렸다.

기모노 차림에는 어울리지 않는 잰걸음으로 서둘러 걸어 가던 두 사람은 한적한 풍정이 감도는 상점가 건물 앞에 멈 춰 섰다.

"음식을 찾아주는 탐정 분이 계시다는 식당이 여기야?"

연보랏빛 케이프(몸과 팔을 덮는 소매 없는 풍성한 코트)를 걸친 나다야 노부코가 입을 빼꼼히 벌리고 건물을 바라보았다.

"간판은 없지만, '가모가와 식당'이라는 곳이야."

구루스 다에가 알루미늄 미닫이문을 밀어젖히자, 노부코는 마지못해 문지방을 넘었다.

"어서 오세요, 다에 씨. 늦게 오셔서 걱정했어요."

검은색 바지 정장에 하얀 앞치마를 두른 가모가와 고이시가 웃는 얼굴로 그녀들을 맞았다.

"히가시혼간지에 잠깐 들렀다 오느라고 늦었어. 그냥 지나칠 순 없잖아."

다에가 다갈색 숄을 벗어서 의자 등받이에 걸쳤다.

"많이 춥죠?"

주방에 있던 가모가와 나가레가 얼굴을 내밀며 인사를 건넸다.

"나가레 씨, 소개할게요. 이쪽은 여고 시절부터 친구인 나다야 노부코 씨."

다에에게 등을 떠밀린 노부코가 온화한 자태로 고개를 숙였다.

"가모가와 나가레입니다. 이 애는 제 딸 고이시입니다."

주방에서 나온 나가레가 앞치마에 손을 훔치며 고개를 숙였다.

"용케 여기까지 찾아오셨네요."

고이시가 노부코와 다에의 얼굴을 번갈아보며 말했다.

"말이 나온 김에 한마디 하겠는데, 그런 어중간한 광고는 그만두는 게 좋지 않나요? 노부짱이 나에게 《요리춘추》를 보여줬고, 우연히 내가 가모가와라는 이름을 기억해서 찾아오긴 했지만, 보통 사람들은 그 광고만 보고 여기까지 못 찾아와."

다에가 강한 어조로 말했다.

"그래도 이렇게 와주셨잖습니까. 그런 게 진정한 인연 아닐까요? 앞으로도 《요리춘추》의 광고 단 한 줄로 이어지는 인연을 소중히 여길 생각입니다."

나가레가 그렇게 말하고, 입술을 한일자로 굳게 닫았다.

"상관없잖아. 이렇게 무사히 왔으니까."

노부코가 끼어들며 분위기를 바꿨다.

"친구 분은 다에 씨와 달리 조용하신 분이네요."

"말 한번 고약하게 하시네."

다에가 불만스러운 듯이 받아쳤다.

"성격이 전혀 다른데도 옛날부터 왠지 잘 맞았어요."

노부코가 다에의 옆얼굴을 살피며 말했다.

"음료는 어떤 걸로 준비해 드릴까요?"

고이시가 물었다.

"날씨가 좀 추우니까 한 병 마셔볼까."

"대낮부터 무슨 술이야. 오늘은 생략하자."

노부코가 다에에게 충고하듯이 말했다.

"웬일이야, 노부짱. 몸이라도 안 좋아?"

"그런 건 아닌데, 오늘은 왠지 마실 기분이 안 드네."

노부코가 탁자로 시선을 떨어뜨렸다.

"요청하신 오찬이라고 할 만큼 대단한 음식은 아니지만,
요기로는 딱 좋은 상차림이다 싶어서 준비했습니다."

나가레가 쇼카도 도시락(松花堂, 옻칠을 한 칸막이 도시락에 교토의
전통요리를 담은 도시락)을 다에 앞에 내려놓았다.

"무리한 부탁을 해서 죄송해요."

다에가 엉거주춤한 자세로 일어서며 인사했다.

"아빠가 엄청 고민했어요. 다에 씨가 귀한 친구 분을 모시
고 오는데 창피를 주면 안 된다면서."

고이시가 다에의 귓가에 대고 속삭였다.

"고이시, 쓸데없는 소리하지 말랬지."

노부코 앞에도 도시락을 내려놓은 나가레가 얼굴을 찡그

리며 고이시를 나무랐다.

"이 도시락은……."

검정 옻칠을 한 도시락을 보고 노부코가 눈을 휘둥그레 떴다.

"린지마(輪島, 이시카와 현 린지마 시에서 생산되는 칠기)입니다."

"도시락 하나만 봐도 이 정도야. 이제 알겠지, 노부짱? 이 식당이 어떤 곳인지."

다에가 자랑스러운 듯이 가슴을 활짝 폈다.

"용기뿐만이 아니네. 이 내용물 좀 봐……."

뚜껑을 연 노부코가 눈을 반짝였다.

"세상에, 이렇게 멋진 도시락일 줄이야."

다에도 요리 하나하나에 시선을 사로잡히고 말았다.

"먼저 쇼카도 도시락의 내용물부터 설명해드리죠. 열십자로 나뉜 오른쪽 위 칸은 반주의 안주, 핫슨(八寸, 가이세키요리—정식 일본요리를 간략하게 만든 요리지만, 현재는 연회 같은 손님을 대접하는 고급 요리에서 술을 대접할 때 내놓은 술안주)쯤 되는 음식입니다. 이것저것 자잘하게 넣어봤습니다. 오른쪽 아래 칸은 구이요리인데, 오늘은 겨울 빙어 양념구이입니다. 왼쪽 위 칸은 생선회와 초무침. 아카시 도미, 그리고 붉은 살 생선은 기슈의 다랑어, 가라쓰의 전복은 불에 살짝만 그슬렸습니다. 미야지마의 붕장어는 굽고, 오이와 양하로 초무침을 만들어봤습니다. 왼쪽 아래 칸은 표고버섯밥. 신슈산인데 향이 아주 좋아요. 잠시 후에 맑은 장국도 내올 테니 천천히 많이 드십시오."

나가레가 두 사람에게 고개를 숙이고 돌아섰다.

"잘 먹겠습니다."

다에가 두 손을 모아 합장을 올린 후, 젓가락을 들었다.

"맛있다."

먼저 젓가락을 든 노부코가 도미를 씹으며 말했다.

"생선회도 좋지만, 이 핫슨은 정말 대단하네. 꼬치고기의 보즈시(좁고 긴 나무 틀에 넣어 눌러서 만든 초밥)잖아, 달걀말이에다 이 쓰쿠네(짓이긴 어육이나 닭고기에 달걀·녹말을 섞어 경단처럼 둥글게 뭉쳐 기름에 튀긴 것)는 메추라기인가? 그리고 문어다리를 조린 이 사쿠라니(문어를 바짝 조려서 벚꽃색으로 만든 것)는 혀에 닿기만 해도 살살 녹아."

다에가 황홀한 표정으로 입을 움직였다.

"몇 년 전쯤 다도 모임에서 '쓰지토미' 식당의 도시락을 먹어본 후로는 처음인 것 같네, 이렇게 훌륭한 요리는."

노부코가 문어조림으로 젓가락을 뻗었다.

"그러게. 그때 도시락도 맛있었지만, 이것도 만만치 않은데. 아아, 이 향기, 도무지 참을 수가 없어."

표고버섯밥을 입에 넣으며 다에가 눈을 감았다.

"칭찬이 너무 과하신 거 아니에요?"

고이시가 찻잔에 차를 따라주며 곁눈으로 주방을 힐끗 쳐다보았다.

"아 참, 그렇지. 노부쨩, 탐정사무소의 소장님은 이 아가씨야. 고이시쨩, 나중에 내 친구 얘기를 좀 들어줘."

다에가 젓가락을 내려놓고, 자세를 바로 하며 말했다.

"저는 그냥 듣는 역할이고, 실제로 찾는 사람은 아빠인걸요, 뭐."

고이시가 수줍어하며 말했다.

"오래 기다리셨습니다."

나가레가 도시락 옆에 칠기로 된 사발을 내려놓았다.

"이건?"

네고로 칠기(붉은 옻칠을 입힌 일본 전통 칠기) 사발의 뚜껑을 잡으며 다에가 물었다.

"옥돔과 게살로 만든 국물 요리입니다. 많이 추우셨을 것 같아서 녹말가루를 넣어 걸쭉하게 만들었습니다. 식기 전에 드시죠."

나가레가 쟁반을 옆구리에 끼고 대답했다.

"유자 향이 아주 상큼하네요."

노부코가 그릇으로 얼굴을 가까이 댔다.

"니시야마 쪽에 미즈오라는 마을이 있는데, 거기에서 생산한 유자라 향이 좋을 겁니다. 자, 어서 드시죠."

"순무찜 같은 느낌이네. 뜨끈뜨끈하고 맛있어."

다에가 사발을 두 손으로 들고 고이시에게 말했다.

"맛이 부드럽죠? 우리 집에서는 이걸로 미조레나베(무즙을 갈아 넣은 냄비요리)를 만들어요. 살짝 구운 옥돔과 게를 냄비 바닥에 깔고, 맛국물을 부은 후에 순무를 듬뿍 갈아 넣죠. 유자랑 시치미(七味, 고추, 깨, 진피, 앵속, 평지, 삼씨, 산초 등 일곱 가지 양념을 빻아서 섞은 향신료)를 양념으로 곁들여 먹으면 몸이 정말 후끈해져요."

고이시가 금방이라도 침을 흘릴 듯이 열변을 토했다.

"자, 일단 얼른 먹어봅시다."

다에가 이야기를 매듭짓듯 노부코에게 말했다.

"디저트도 아니, 미즈카시(水菓子, 원래는 과일이지만 현재는 넓은 의미로 일본 전통요리의 후식을 뜻함)도 준비했으니 천천히 많이 드세요."

고이시가 어깨를 움츠렸다.

"그럼, 그럼. 일본요리에는 디저트 같은 건 없어. 프렌치가 아니니까."

다에가 디저트라는 표현이 마뜩찮은 듯이 말했다.

"다에는 예나 지금이나 그대로야. 이상한 데 연연하더라. 난 그런 건 아무 상관없는데."

노부코가 사발을 내려놓았다.

"아무 상관이 없다니? 문화가 무너지는 건 말부터야. 요즘은 스위트니 뭐니 생각 없이 마구 불러대는데, 그러다가는 이제 곧 전통과자까지 타락해버린다고."

다에가 빙어를 껍질째 입에 넣는 모습을 보고, 노부코도 똑같이 따라했다.

"다에랑 이렇게 느긋하게 같이 밥 먹는 게 몇 년 만인지 모르겠네."

"불과 석 달 전에도 요코하마에 있는 '노다이와'에서 장어 먹었잖아. 그때도 꽤 마셨는데."

다에가 젓가락을 내려놓고 차를 마셨다.

"어머나, 까맣게 잊어버렸네. 왜 그런지 최근 반년가량은 멍하게 지냈어."

"멍하게 지낸 원인이 바로 그 요리 때문이란 거잖아."

"그러게 말이야, 반년 전쯤 갑자기 떠오르는 바람에……."

음식을 다 먹은 노부코가 도시락 뚜껑을 덮었다.

"말차(抹茶, 찐 찻잎을 말려서 돌절구로 갈아 가루를 낸 일본 전통녹차)는 어떻게 할까요?"

후식으로 과일을 내온 고이시가 다에에게 물었다.

"오늘은 사양할게요. 노부짱도 마음이 급할 테니까."

다에의 말에 노부코가 살며시 고개를 끄덕였다.

"어머나, 교토의 명물 감이네. 올해는 이미 끝난 줄 알았는데."

"교토의 명물 감?"

숟가락을 든 노부코가 고개를 갸웃거렸다.

"간토에서는 거의 못 보지?"

다에가 정신없이 숟가락질을 했다.

"이번에도 예쁜 그릇이네. 바카라 접시에 아름답게 비치는 이 감 빛깔 좀 봐."

"평범한 바카라가 아니야. 하루미(春海, 다도 명인이자 하루미 상점이라는 미술상을 3대째 운영했던 하루미 도지로 및 가게 명칭을 뜻함. 하루미 도지로는 바카라 크리스털을 처음 보고, 다기나 일본 전통요리에 어울리는 바카라 작품들을 처음으로 수입한 인물) 바카라야. 일본 전통요릿집이나 고급요릿집에서도 좀처럼 볼 수 없는데. 용케 이런 그릇을 갖고 계시네."

다에가 말하자, 고이시가 빙그레 웃었다.

"아빠가 자랑스러워하는 그릇이에요. 이것 말고도 꽤 있을걸요, 아마. 엄마한테 툭하면 잔소리를 들었어요. '또 빚내서 사들인다'고."

고이시가 혀를 쏙 내밀며 말했다.

"고이시, 쓸데없는 소리 그만하고, 얼른 들어가서 준비해."

나가레가 주방에서 얼굴을 내밀었다.

"네에, 네. 알았습니다"라며 어깨를 움츠린 고이시가 "그럼, 안에서 기다릴게요"라며 하얀 앞치마를 풀었다.

"딸아이가 어찌나 말이 많은지 두 손 다 들었습니다."

주방에서 나온 나가레가 고이시의 등을 눈으로 좇으며 말했다.

"언제 봐도 영리하고 훌륭한 따님이신데, 뭘."

다에가 살짝 비아냥거리듯 농담조로 말했다.

"입맛에 맞으셨는지 모르겠습니다."

나가레가 도시락을 치우며 노부코에게 물었다.

"아주 맛있었어요. 역시나 다에가 단골로 다닐 만한 식당이구나 싶어서 내심 감탄했어요."

노부코가 말하자, 다에가 피식 웃었다.

"슬슬 안으로 안내해 드릴까요?"

나가레가 벽시계를 봤다. 노부코가 다에의 옆얼굴을 살폈다.

"그럼, 다에 씨는 여기서 잠깐만 기다려주세요."

다에에게 건네는 나가레의 말을 듣고, 노부코가 마지못해 일어섰다.

노부코는 앞서 안내하는 나가레의 뒤를 몇 걸음 정도 멀찌감치 떨어져서 따라갔다.

"왜 그러시죠? 마음이 안 내키세요?"

나가레가 멈춰 서서 뒤를 돌아보았다.

"왠지 이제 와서 새삼 무서워져서……."

노부코가 바닥으로 시선을 떨어뜨렸다.

"그러시군요. 그래도 이왕 힘들게 여기까지 오셨으니, 얘기만이라도 나누고 가시죠."

노부코에게서 시선을 돌리며 나가레가 다시 걸음을 내디뎠다.

노부코는 벽을 가득 메울 듯이 붙어 있는 사진들을 구경하면서 천천히 걸었다.

"지금까지 만들었던 요리랑 옛날에 찍은 사진들입니다."

"……."

그중 한 장의 사진을 본 노부코가 못이 박힌 듯, 잠시 멈춰섰다.

"에이잔 전철의 건널목이에요. 집사람이랑 둘이 처음 탄 기념으로 찍은 사진이죠."

노부코의 시선을 좇으며, 나가레가 쑥스러운 듯이 미소를 지었다.

"손님 모셔 왔다."

문을 열자 소파 두 개가 마주 놓여 있고, 안쪽에는 이미 고이시가 앉아 있었다.

"네, 들어오세요."

노부코가 머뭇머뭇 안으로 들어갔다.

"그렇게 한쪽 귀퉁이에 앉지 마시고 한가운데로 오세요. 안 잡아먹을게요."

고이시가 씁쓸하게 웃으며 노부코에게 말했다.

"익숙지 않은 일이라……."

"이런 일에 익숙한 사람은 없어요. 일단 여기에 성함, 나이, 생년월일, 주소와 연락처를 적어주시겠어요?"

고이시가 낮은 탁자 위에 서류철을 내려놓았다.

그제야 가까스로 마음을 굳혔는지, 노부코가 펜으로 글씨를 쓱쓱 써내려갔다.

"명필이시네요. 저랑 다르게 글씨를 아주 잘 쓰세요."

"고이시 씨는 유쾌한 사람이네."

노부코가 서류철을 건네주며 말했다.

"으음, 그런데 어떤 음식을 찾으세요?"

고이시는 공책을 펼치며 바로 본론으로 들어갔다.

"실은 기억이 잘 안 나요. 무엇보다 이미 50년도 더 지난 일이고, 딱 한 번 먹어본 음식이라."

노부코가 곤혹스러운 표정으로 대답했다.

"기억나는 것만이라도 좋으니까 얘기를 좀 들려주시겠어요? 고기인지, 생선인지, 채소인지."

"고기랑 채소를 넣고 푹 끓인 것 같아요."

"일본식인가요, 양식인가요?"

"양식이에요. 지금 생각해보면 비프스튜였던 것 같기도 하고."

"어디서 드셨어요? 식당에서 드셨어요?"

고이시가 잇달아 질문을 했고, 노부코는 잠깐 뜸을 들이다 그에 대한 대답을 해나갔다.

"식당이었어요. 교토에 있는."

"교토 어디에 있는 식당이죠?"

"그게 전혀 기억이 안 나요."

"대략적인 장소만이라도 괜찮은데."

"그것도 전혀……."

노부코가 낮은 탁자로 시선을 떨어뜨렸다.

"최소한 실마리가 될 만한 것도 없을까요?"

"그 요리를 먹었을 때, 너무 큰 충격을 받는 바람에 앞뒤 기억이 다 날아가 버렸어요. 정신을 차려 보니 어느새 삼촌 댁에……."

"삼촌 댁은 어느 쪽인데요?"

"기타하마라는 곳에 있었어요."

"교토가 아니네요?"

고이시가 공책에서 고개를 들며 노부코를 바라보았다.

"네, 오사카예요."

"그렇지만 그 비프스튜 비슷한 걸 드신 곳은 교토에 있는 식당이었던 거죠? ……별 문제가 안 된다면, 충격을 받으셨다는 그 상황을 좀 더 자세히 말씀해주실 수 있을까요?"

고이시가 눈을 살짝 치켜뜨며 노부코를 바라보았다.

"1957년, 지금으로부터 55년쯤 전에 나는 요코하마에 있는 여자대학에 다니고 있었어요. 그곳에서 다에 씨랑 친구가 됐죠. 일본 고전문학을 전공했어요. 《겐지이야기》나 《방장기 (方丈記, 일본 고전수필 문학의 백미로 꼽히는 불교적 색채가 농후한 가모노 초메이의 수필집)》, 그리고 《헤이케이야기》 등을 빠져들 듯이 공부했어요. 그러다 교토대학에서 같은 분야를 연구하고 있는 학생의 논문을 읽게 됐는데, 공감되는 내용이 많아서 편지를 썼죠. 그 후로 몇 번인가 편지를 주고받았고, 처음으로 만나기로 한 곳이 바로 이곳 교토였어요. 일주일 정도 삼촌 댁에 놀러 왔을 때였죠."

갈증을 달래듯이, 노부코가 찻잔의 차를 단숨에 들이켰다.

"그때 첫 만남이 첫 데이트가 된 건가요?"

고이시가 눈을 휘둥그레 뜨며 물었다.

"요즘 분들이면 그걸 데이트라고 생각하겠지만, 난 그저 일본문학에 관해 격론을 주고받을 수 있는 좋은 기회라는 생각뿐이었어요."

"그래도 두 분의 대화에 활기는 있었죠?"

"그야, 뭐 그렇죠. 특히 《방장기》 같은 책은 시간 가는 줄도 모르고 이야기에 푹 빠졌어요. 사실 일방적으로 가르침을 받았다는 게 맞는 표현이겠지만."

노부코의 눈이 반짝거렸다. 고이시는 빠르게 메모를 적어나갔다.

"대화뿐만이 아니라 상대 남성에게도 빠져들었던 거 아닌가요?"

고이시가 공책으로 시선을 향한 채 묻자, 노부코가 뺨을 붉히며 마치 소녀처럼 부끄러워했다.

"아니, 그런 건……."

"그게 아니라면, 딱히 충격 받을 만한 얘기 같진 않은데요."

고이시가 고개를 갸웃거렸다.

"지금처럼 자유로운 시대가 아니었기 때문에 한참동안 대화를 나눈 후에 저녁식사를 같이 하자는 말을 들었을 때는 솔직히 몹시 망설여졌어요. 왠지 행실이 단정치 못한 것 같은 생각이 들어서."

"그런 시대에 안 태어나길 정말 다행이네."

무심코 솔직한 심정을 털어놔버린 고이시가 허둥지둥 입을 틀어막았다.

"그것만으로도 부담스러웠는데, 식사 중에 난데없이 그런 말을 꺼내니까 머릿속이 갑자기 하얘져버렸죠."

"사귀자는 말이라도 들으신 거예요?"

고이시가 노부코의 얼굴을 들여다보았다.

"그 정도 말로 식당을 박차고 나오는 실례는 범하지 않아요."

"설마 프러포즈?"

큰 눈을 휘둥그레 뜨며 묻는 고이시의 말에 노부코는 긍정도 부정도 하지 않고, 말없이 고개를 끄덕였다.

"그럼, 대답은?"

고이시가 몸을 내밀며 물었다.

"대답도 하지 못한 채, 식당에서 뛰쳐나와 버렸어요."

노부코가 고개를 숙인 채 대답했다.

"그분은 지금 어떻게 지내세요?"

"그게 끝이에요."

"세상에, 말도 안 돼. 프러포즈를 받았는데, 그 뒤로 연락 한 번 없이 55년 후인 오늘에 이르렀단 말이에요?"

고이시가 널브러지듯 소파에 몸을 기댔다.

"그럼, 내가 어떻게 했어야 하는 거죠?"

노부코가 그제야 간신히 얼굴을 들었다.

"죄송해요. 하긴, 지금은 그런 얘기가 아니죠. 인생 상담이 아니라 음식 찾기니까. 본론으로 다시 돌아가면, 그 비프스튜는 어떤 음식이었어요?"

고이시가 자세를 바로잡고, 무릎을 앞으로 내밀었다.

"반쯤 먹다가 자리를 박차고 나와 버려서 거의 기억이 안 나요."

"음…… 1957년 무렵에 교토에서 비프스튜를 내놓을 만한 식당이 얼마나 있었을까?"

고이시가 자문자답을 하듯 펜을 굴렸다.

"감자랑 당근."

노부코가 꺼질 듯한 작은 목소리로 말했다.

"네? 뭐라고요?"

확실하게 못 들었는지, 펜을 든 고이시가 귀를 쫑긋 세우며 물었다.

"주문을 받고 나서 요리사가 감자랑 당근 껍질을 벗겼고, 그걸 큼지막한 냄비에 넣어서……."

눈을 감은 채로 노부코가 대답했다.

"그렇게 세월아 네월아 만들면 손님이 화내지 않나? 끓여뒀다 데워서 내놓으면 될 텐데."

고이시가 고개를 살짝 갸웃거렸다.

"요리가 완성되는 동안 정말 좋은 냄새가 감돌았어요."

노부코는 천장으로 눈길을 돌리며 기억을 더듬어 갔다.

"음…… 혹시 프러포즈가 아니라 사귀어달라는 의미였던 거 아닐까요?"

"나도 그렇게 생각했죠. 드디어 요리가 나와서 한입 먹었을 때, 너무 맛있어서 깜짝 놀랐어요. 난생처음 먹어본 맛이었다는 건 기억나요. 아버지가 고기를 워낙 좋아해서 우리 집에서도 비슷하게 끓인 요리를 만들긴 했지만, 그것과는 전혀 다른 음식이었어요. 느끼하지 않고 그러면서도 감칠맛이 나는, 그런 맛이었던 것 같아요. 그런데 반쯤 먹었을 때, 그분이 갑자기……."

"프러포즈를 하신 거네요. 그래서 너무 당황하는 바람에 식당을 뛰쳐나와 버렸다. 아, 그런데 그분의 성함은?"

고이시가 펜을 쥐고 받아 적을 자세를 취했다.

"네모토子元 씨였나, 네지마子島 씨였나? 아니, 네카와子川 씨였던 것 같기도 하고."

노부코가 천장을 올려다보았다.

"프러포즈를 받은 사람의 이름을 잊어버렸어요?"

고이시가 어이가 없다는 듯이 묻자, 노부코가 고개를 꾸벅 끄덕였다.

"성姓에 쥐띠 해의 '子' 자가 들어 있었던 건 확실해요. 쥐띠라서 이름을 '子' 아무개라고 지었다나 뭐라나 싱거운 농담을 했으니까. 사셨던 곳은 분명 가미교 구였던 것 같고."

고이시가 빠르게 받아 적었다.

"내 분위기가 아무래도 많이 이상했겠죠. 오사카 삼촌 댁으로 돌아가니까 삼촌과 숙모가 무슨 일이 있었냐고 물어서 있는 그대로 얘기했어요. 그랬더니 당장 부모님께 연락해서 편지고 뭐고 그분과 관계된 건 모조리 처분해버렸어요. 그래서 그때 기억도 깨끗이 잊어야 한다고 스스로에게 최면을 걸었던 것 같아요."

"그분을 찾는 게 가장 빠른 길인 것 같긴 한데……. 힌트를 조금만 더 주세요. 뭐든 상관없어요, 그 식당에 가기 전에 어 딜 들렀다거나."

"그 식당에 가기 전에…… 굉장히 많이 걸었던 것 같은데…… 맞아요, 숲 속을 걸었어요. 깊고 어두운 숲이었어요."

"숲이요? 교토는 삼면이 산으로 둘러싸여서 주위가 온통숲인데……. 숲을 걸었다는 것만으로는 별다른 힌트가 안돼요."

고이시가 일단은 공책에 받아 적으며 말했다.

"아 맞아, 숲을 빠져나오니까 신사神社가 있었어요. 거기에 서 소원을 빌었고……."

"수호신을 모신 숲도 교토에는 헤아릴 수 없을 정도로 많은데."

고이시가 펜을 빠르게 움직이며 받아 적었다.

"조금씩 기억을 떠올려주시는 건 고맙긴 한데, 아무리 우리 아빠라도 이 정도만으로는 어떨지……."

고이시가 페이지를 들척이며 한숨을 내쉬었다.

"어려울까요?"

노부코가 어깨를 늘어뜨렸다.

"그건 그렇고, 왜 지금까지는 그 비프스튜를 먹고 싶다는 생각이 안 드셨죠?"

고이시의 질문에 노부코 역시 크게 한숨을 내쉰 후, 이야기를 시작했다.

"올해 갓 마흔 살이 된 외동딸이 있는데, 줄곧 독신으로 살아왔어요. 내가 남편을 일찍 여의다 보니 차마 나만 남겨두고 떠날 수가 없었겠죠. 그런데 그 애가 반년 전쯤 프러포즈를 받았거든요."

눈을 반짝이며 노부코가 말을 이었다.

"받아들일지 말지 망설이고 있다고 하더라고요. 그러면서 '엄마는 어떤 프러포즈를 받았어?'라고 물어서 당황했어요. 남편과는 맞선으로 결혼해서 그럴 기회가 없었으니까. 프러포즈라고 떠오르는 건⋯⋯."

"55년 전의 일."

고이시의 말에 노부코가 고개를 꾸벅 끄덕였다.

"프러포즈를 받았는데 아직까지 대답을 못 한 거죠. 그야 물론 이제 와서 대답 운운할 얘기는 아니지만, 혹시 식사를 계속했다면 그 후의 내 인생은 달라졌을까 하는 마음에 시험해보고 싶어졌어요."

"알겠습니다. 저희 아빠 실력을 기대해보죠."

고이시가 공책을 덮었다.

"잘 부탁드립니다."

고개를 숙인 후, 노부코가 머뭇머뭇 일어섰다.

둘이 복도를 지나 식당으로 돌아가자, 나가레와 다에가 마주 앉아 한창 얘기에 빠져 있었다.

"얘기는 잘했어?"

다에가 노부코에게 물었다.

"으응. 성의를 다해 들어주셔서."

노부코가 무표정으로 대답했다.

"다음 약속은 정했니?"

나가레가 고이시에게 물었다.

"어머, 중요한 걸 깜박했네. 노부코 씨, 음식을 찾아내서 대접해 드리려면 보통 2주일은 걸리는데, 다다음주 오늘이라도 괜찮을까요?"

"그때까지 가능하시다면, 난 상관없어요."

고이시의 제안에 노부코가 흔쾌히 응했다.

"그때쯤 되면, 다시 한 번 날짜와 시간을 연락드릴게요."

고이시가 서류철과 공책을 탁자에 내려놓았다.

"수고비는 얼마나 드리면 될까요?"

노부코가 핸드백을 열었다.

"탐정 요금은 후불이니까 다음에 오실 때 말씀드릴게요. 오늘 식사하신 건……."

고이시가 나가레의 낯빛을 살피며 말끝을 흐렸다.

"다에 씨에게 두 분 밥값은 받았습니다."

"어머, 그러면 안 되지. 각자 내."

노부코가 지갑을 다에에게 내밀며 말했다.

"지난번에 그쪽이 샀잖아. 비싼 장어를 맛있게 먹었는데."

짧은 대화를 끝내고, 다에가 일어섰다.

"뜻밖에 느긋하게 얘기를 나눌 수 있어서 즐거웠습니다."

나가레가 다에와 눈을 마주치며 말했다.

"저야말로 즐거웠어요. 괜히 쓸데없는 말까지 해버려서 미안해요."

다에가 곁눈질로 노부코를 쳐다봤다.

"어머! 들어오면 안 돼, 낮잠!"

고이시가 미닫이문을 여는 동시에 얼룩고양이가 문지방에 발을 얹었다.

"잘 들어, 낮잠! 고운 옷을 입고 계시니까 가까이 오면 안 돼!"

나가레가 얼룩고양이를 노려보았다.

다에와 노부코는 식당을 나선 후 서쪽을 향해 천천히 걸어갔다. 나가레와 고이시는 두 사람이 모퉁이를 돌아설 때까지 그 뒷모습을 바라보며 서 있었다.

"이번에는 꽤 어려울 것 같아, 아빠."

고이시가 공책을 내밀며 말했다.

"'이번에는'이라니, 늘 어려운데."

식당 탁자를 사이에 두고 나가레와 고이시가 마주 앉아 공책을 펼쳤다.

"찾는 음식은 비프스튜인데, 사연이 좀 있어. 그래서 나다야 노부코 씨의 기억도 단편적이야."

고이시가 나가레의 손끝을 들여다보며 글자를 가리켰다.

"흐음, 비프스튜라. 그러고 보니 한동안 못 먹었군. 그나저나 뭐라고 쓴 거지? 숲과 신사. 주문을 받은 뒤에 채소 껍질 벗기기. 떠는 쥐띠. 오사카의 기타하마. 이게 대체 뭔 소리야?"

나가레가 고이시에게 말했다.

"이 정도로 찾아낼 수 있을까?"

고이시가 팔짱을 끼며 고개를 갸웃거렸다.

"좀 더 자세하게 얘기해봐."

나가레가 탁자에 팔꿈치를 올려 양 손바닥으로 뺨을 감싸며 턱을 괴었다.

고이시는 노부코에게 들은 얘기를 순서대로 고스란히 전했다. 그때마다 나가레는 메모를 받아 적으며 고개를 끄덕

거렸다. 침묵을 지키는 나가레의 얼굴을 고이시가 들여다
보았다.

"이 비프스튜를 재현하는 건 그렇게 어려운 일은 아니야."

나가레가 공책에 시선을 떨어뜨린 채로 말했다.

"진짜?"

고이시가 눈을 휘둥그레 떴다.

"그건 괜찮은데……."

나가레가 이마에 주름을 잡았다.

"무슨 문제라도 있어?"

고이시가 미심쩍은 듯이 물었다.

"뭐, 이래저래…… 아무튼 일단 비프스튜부터 찾아내야
겠다."

나가레가 말끝을 흐리며 자리에서 일어섰다.

◇◇◇◇◇◇◇◇◇◇◇◇◇◇◇◇◇

첫사랑, 비프스튜

12월도 20일 무렵에 접어들자, 연말이 코앞으로 닥친 듯한 절박한 느낌이 들었다. 가모가와 식당 앞을 오가는 사람들은 너 나 할 것 없이 무척이나 바쁜 듯 잰걸음으로 걸어갔다.

"다에랑 12시 정각에 보기로 약속했는데, 왜 안 오지?"

입구 쪽 탁자에 앉은 노부코가 불안한 듯이 창밖을 몇 번이나 내다보았다.

고이시는 식탁 깔개를 깔고, 포크와 나이프 등을 세팅하고 있었다.

"집에서 막 나오시는데 갑자기 손님이 찾아왔나 봅니다. 다에 씨한테 연락이 왔었어요."

나가레가 부엌에서 얼굴을 내밀며 말했다.

"중요한 약속이 있다고 하면 될 텐데."

노부코가 불만스러운 듯이 말했다.

"노부코 씨. 오늘 선보일 요리 말인데요."

주방에서 나온 나가레가 노부코 앞에 섰다.

노부코가 긴장한 표정으로 나가레의 다음 말을 기다렸다.

"원하시는 요리를 찾아냈습니다. 아마 틀림없을 겁니다. 다만, 55년 전과 똑같은 방식으로 만들고 싶으니, 지금 막 식당으로 들어와서 주문을 하는 마음으로 기다려주실 수 있을까요?"

"알겠습니다."

노부코가 차분한 표정으로 시곗바늘을 되돌리듯 천천히 눈을 감았다.

"아빠한테 레시피를 확실하게 전수받아서 제가 만들기로 했어요."

고이시가 노부코에게 그 말을 남기고 주방으로 향했다. 나가레는 노부코의 맞은편에 앉아 얘기를 시작했다.

"식사를 하셨던 식당 이름은 '그릴 후루타'입니다. 좁은 골목길로 들어가면 아카시아 나뭇잎 그늘 아래 간판이 걸려 있어요. 식당 안으로 들어서면, 오른쪽에 카운터 자리가 있습니다. 노부코 씨와 남성분은 나란히 그곳에 앉으셨죠. 남성분께서 주인에게 주문을 했습니다. '비프스튜 두 개 주세요.' 그러자 주인이 천천히 감자와 당근 껍질을 벗기기 시작했죠. 지금이 바로 그런 순간입니다."

나가레가 마치 최면이라도 걸듯 나지막한 목소리로 느릿느릿 이야기했다.

"당신이 그걸 어떻게?"

"실은 비프스튜만이 아니라, 노부코 씨의 그날 하루를 찾아냈습니다."

"그날 하루를……."

노부코가 천장으로 눈길을 돌렸다.

"55년 전의 겨울. 오늘처럼 추운 날이었을 겁니다. 한 남성과 노부코 씨는 아마도 산조케이한에서 만날 약속을 했을 겁니다. 그분의 목적지는 시모가모 신사였겠죠. 지금은 데마치야나기까지 직통전철이 다니지만, 그 당시에는 없었으니 가모가와 강둑을 산책하면서 북쪽으로 걸어갔을 겁니다."

나가레가 교토 시내의 지도를 펼쳤다. 노부코가 몸을 내밀며 나가레의 손가락 끝을 좇았다.

"맞아요. 상류를 향해서 강변을 걸어갔어요. 첫 만남인 게 실감이 안 날 정도로 대화에 활기가 넘쳤고……."

노부코가 뺨을 붉게 물들였다.

"여기가 데마치야나기. 아마 이 근처에서 강둑으로 올라가서 다다스 숲으로 들어갔을 겁니다. 숲 속을 걸었다고 하셨는데, 거기가 바로 여기입니다."

나가레가 다카노 강과 가모 강이 합류하는 Y자 지점 위에 펼쳐진 숲을 손가락으로 짚었다.

"이런 시내 한복판이 아니라, 훨씬 깊은 숲이었던 것 같은데."

노부코가 고개를 살짝 갸웃거렸다.

"다다스 숲은 옛날 원시림을 그대로 보존해서 숲이 깊게 우거졌어요."

나가레가 노트북을 열고, 노부코 쪽으로 화면을 돌려주었다. 신사의 붉은 도리이(鳥居, 신사 입구에 세운 기둥문)가 찍힌 화면이었다.

"숲을 걷고 나서 참배를 하셨던 곳은 바로 이 시모가모 신사입니다. 깊은 숲을 빠져나온 곳에 있는 신사는 여기뿐이에요."

"숲을 빠져나온 곳에 있는 신사가 여기만은 아닐 텐데요?"

노부코는 회의적이었다.

"《방장기》 얘기를 나누셨으면, 연고가 있는 시모가모 신사도 분명히 들르셨을 겁니다. 그리고 또 하나. 그날 같이 계셨던 남성분. 그분이 쥐띠라고 기억하신다고요. 이유가 뭐죠?"

"딱히 이유랄 건……. 그분이 그렇게 말씀하셨기 때문인 것 같은데."

노부코가 탐색하는 눈빛을 띠었다.

"그분의 이름조차 잊어버렸는데, 띠만은 기억한다? 그것은 노부코 씨의 머릿속에 말이 아니라 영상이 남아 있기 때문일 겁니다. 그분이 쥐의 신에게 참배를 드리는 모습이……."

"쥐의 신이요?"

"교토, 아니 일본 전국적으로 봐도 드문 일일 테지만, 시모가모 신사의 참배는 십이지신 띠별로 하게 되어 있습니다. 고토샤言社라고 부르는 작은 사당이 일곱 개 있죠. 그중 다섯 개는 간지가 두 개씩 있으니까 나머지 두 개는 띠별로 하나씩이죠. 쥐와 말만 단독으로 있어요. 그래서 기억에 남으셨을 겁니다. 그분이 쥐띠라는 게."

"굵은 자갈을 밟으며 붉은 도리이를 지나면, 대체 얼마나 큰 참배전이 나올까 상상했는데, 작은 사당이 몇 개씩이나……."

노부코가 기억을 더듬었다.

"영상은 지워지지 않았나 보군요."

"신사에서 나온 후로도 계속 나란히 걸었어요."

노부코 안의 기억이 차츰 선명해져 갔다. 나가레는 그 모습을 바로 앞에서 지켜보고 있었다.

"작은 냄비에 든 루(roux, 서양요리에서 소스나 수프를 걸쭉하게 만들기 위해 밀가루를 버터로 볶은 것)를 넣었으면, 잠깐 이쪽으로 냄비째 들고 나와라."

나가레가 주방을 돌아보며 고이시에게 말했다.

"완성되기 직전 상태면 되는 거지?"

고이시가 수증기와 함께 향기로운 냄새가 피어오르는, 손잡이 달린 알루미늄 냄비를 들고 나왔다.

"'그릴 후루타'는 개방형 주방이라 카운터 자리에 앉았던 노부코 씨는 틀림없이 이런 냄새를 맡았을 겁니다."

나가레가 노부코에게 냄비를 가까이 댔다.

"맞아요, 그랬어요. 이런 냄새였어요."

노부코가 코를 킁킁거렸다.

"이제 15분 정도만 기다리시면 완성됩니다."

눈을 감고 있는 노부코를 곁눈으로 보며, 나가레가 냄비를 다시 가져가라고 고이시에게 눈짓했다.

"지금부터는 저의 주제넘은 참견일지 모르겠습니다만, 기분이 언짢으시면 언제든 멈추라고 하십시오."

나가레의 말에 노부코가 한순간 머뭇거린 후, 조용히 고개를 끄덕였다.

"지난번에 오셔서 제가 안쪽 사무실로 안내해드렸을 때, 복도를 걷다 멈칫거리셨죠. 대개 그렇게 멈칫거리는 건 누군가 떠올리고 싶지 않은 사람이 그 음식과 연관되어 있을 때입니다."

차를 한 모금 마신 후, 나가레가 말을 이었다. 노부코는 탁자에 시선을 떨어뜨린 채로 조용히 있었다.

"의뢰하신 비프스튜를 찾는 건 그리 어렵지 않았습니다. 미식가들에게는 잘 알려진 식당이었고, 작가가 이런저런 글들을 남겼더군요. 걸었을 거라 예상되는 길로 거슬러가다 보니 그 식당에 도착했습니다. 제 머리를 복잡하게 만든 건 단 하나. 떠올리고 싶지 않은 사람을 찾아냈다는 사실을 노부코 씨에게 알려도 되나 하는 겁니다."

나가레의 말에 노부코가 얼굴을 들고 고개를 꾸벅 끄덕였다.

"그 남성은 네지마 시게루子島滋라는 분입니다. '그릴 후루타'의 단골손님이었던 분에게 여쭤보니 기억하고 계시더군요. 교토대학 학생이고, 성에 '子' 자가 들어가는 분."

"네지마 시게루 씨……."

노부코는 멍한 얼굴이었다.

잠시 후에 나가레가 얼굴을 들여다보자, 제정신이 들었는지 등을 곧게 폈다.

"네지마 씨는 교토대학 문학부의 학생이었습니다. 나고 자란 곳은 모두 교토죠. 그 당시에 사셨던 곳은 가미교 구의 신뇨도마에초. 고쇼(御所, 천황의 거처) 근처죠."

공책을 보면서 나가레가 지도를 가리켰다.

"네지마 씨에 관해서 어떻게 그렇게 자세히……."

"실은 네지마 씨의 따님에게 들었습니다."

"따님이 계시나요?"

노부코가 어깨를 늘어뜨렸다.

"얘기를 55년 전으로 거슬러 올라가도 될까요?"

나가레가 갈증을 차로 달래며 말을 이었다.

"네지마 씨는 노부코 씨와 1957년 12월에 만났는데, 해가 바뀌자마자 바로 영국으로 건너가셨습니다."

"영국으로?"

"유학을 가셨는데 그대로 런던의 대학에서 35년간 근무하시고, 마지막에는 명예교수 지위까지 오르셨습니다. 영국으로 건너간 지 3년 만에 현지에서 결혼하셨고, 따님을 한분 낳으셨죠. 사모님은 5년 전에 병으로 돌아가셨지만 그 후로도 1년 전, 돌아가실 때까지 그쪽에서 계속 일본문학을 연구하셨답니다. 분명 노부코 씨와 함께 런던에 가고 싶으셨을 겁니다. 그 당시 노부코 씨는 요코하마에 사셨으니 다음 기회를 기다릴 만큼 느긋할 순 없었겠죠."

"그렇지만 그건 어디까지나 가모가와 씨의 상상이잖아요?"

"아뇨, 상상이 아닙니다. 네지마 씨의 일기장에 자세하게 쓰여 있던 내용을 따님의 호의로 저도 봤으니까요. 네지마 씨는 1955년부터 계속 일기를 써오셨더군요. 아무래도 부인이 보면 곤란하다고 생각하셨겠죠. 일기는 내내 대학 연구실에 보관하셨어요. 네지마 씨가 돌아가신 후, 연구 자료를 정리하신 따님이 발견했다고 합니다."

나가레가 온화한 미소를 지으며 노부코를 바라봤다.

"뭐 하긴, 비프스튜 레시피까지 적혀 있진 않았습니다만."

벽시계로 시선을 던진 나가레가 주방을 돌아보았다.

"무서웠어요. 너무 갑자기 찾아온 행복이 무서웠어요."

마치 네지마에게 얘기하듯이 노부코가 힘겹게 말을 꺼냈다.

"늦어서 미안해."

다에가 숨을 헐떡이듯 뛰어 들어왔다.

"왜 이렇게 늦어."

노부코가 불만스러운 듯이 입을 내밀었다.

"마침 음식이 다 됐으니, 두 분이 같이 드세요."

고이시가 주방에서 말을 건넸다.

"미안해, 갑자기 손님이 찾아왔지 뭐야."

다에가 가쁜 숨을 진정시키며 옷매무새를 가다듬었다.

나가레가 비프스튜를 가져와서 두 사람 앞에 내려놓았다.

"향이 정말 좋다."

다에가 코를 벌름거렸지만, 노부코는 꼼짝 않고 비프스튜를 뚫어져라 쳐다보았다.

"식기 전에 드세요."

나가레가 권하자 두 사람은 손을 모은 후, 동시에 나이프와 포크를 들었다.

주방에서 나온 고이시와 나가레가 뚫어져라 두 사람의 입을 바라보았다.

맨 먼저 고기를 입에 넣고 찬찬히 씹으며 맛을 음미한 노부코가 고개를 크게 끄덕거렸다.

"이 맛이었어요. 틀림없어요."

"와, 다행이다. 아빠, 다행이지?"

고이시가 나가레의 어깨를 두드렸다.

"언뜻 보기에는 담백한 느낌인데, 먹어보면 확실하게 깊은 맛이 느껴져. 보나마나 데미글라스 소스도 정성을 다해 만드셨겠죠."

다에가 빙그레 웃었다.

"식도락가로 잘 알려진 어느 문호文豪는 '그릴 후루타'의 비프스튜를 '맛은 포토푀 같다'고 썼는데, 저는 생각이 좀 다릅니다. 짙은 데미글라스 빛깔이 아닌 옅은 토마토소스 빛깔이라 맛이 산뜻하다고 표현하고 싶었는지도 모르죠. 미리 육수로 삶아둔 고기를 포트와인으로 살짝 데웁니다. 그것을 채소와 함께 냄비에 넣고 데미글라스 소스를 넣어서 조리면, 이런 맛이 납니다. 처음부터 채소와 고기를 같이 넣고 끓이면 형태가 흐트러지고 맛도 뒤섞여버립니다. 그런데 '그릴 후루타' 식으로 요리하면, 고기가 데미글라스 소스에 휘감긴 느낌이 나죠. 고기의 풍미와 소스 맛이 입안에 들어와서야 비로소 서로 어우러지는 겁니다."

나가레가 가슴을 살짝 펴며 말했다.

"잠깐 맛을 봤는데, 엄청 맛있었어."

고이시가 나가레의 귓가에 대고 속삭였다.

"아빠의 혼신의 레시피야. 맛이 없을 리 없지."

나가레가 작은 목소리로 받아쳤다.

노부코와 다에는 대화를 나누며 느긋한 시간을 보내고 있었다. 다 먹었을 때쯤 나가레가 짬을 보다 말을 건넸다.

"똑같은 비프스튜라도 두 분이 느끼는 맛은 달랐을 겁니다."

"무슨 뜻이죠?"

냅킨으로 입가를 훔치며 다에가 물었다.

"다에 씨와 다르게 노부코 씨에게는 기다린 시간이 30분이나 있었어요. 그 시간까지 맛에 가미되니까요. 오늘은 분명 추억이라는 향신료도 효과를 발휘했을 테고."

나가레가 부드러운 눈길로 노부코를 바라봤다.

"네지마 씨는 지금 어디에?"

노부코가 뺨을 살짝 물들이며 나가레에게 물었다.

"오카자키에 있는 '곤카이코묘지'라는 절에 잠들어 계십니다. 교토 사람에게는 '구로다니黒谷'라고 하는 게 알기 쉬울지 모릅니다. 작년 12월, 몹시 추운 날에 돌아가신 모양입니다."

나가레가 대답하자, 노부코가 입술을 한일자로 굳게 다물었다.

"무례한 행동을 사과하지도 못했는데."

"첫 단추만 잘못 끼우지 않았어도……."

고이시가 나지막이 중얼거렸다.

"이제 그만 실례해야겠네."

마음의 정리를 하려는지, 노부코가 핸드백에서 지갑을 꺼냈다.

"요금은 손님이 정해주시는 대로 받아요. 적합하다고 여기는 금액을 여기로 송금해주세요."

고이시가 메모지를 건네주었다.

"맛있는 비프스튜였어요."

다에가 나가레에게 인사를 했다.

"입맛에 맞으셨다니 다행입니다. 다에 씨에게는 향신료가 좀 부족했을 텐데요."

나가레가 다에에게 미소를 건네며 말했다.

"고마웠습니다."

식당 밖으로 나가자마자, 노부코가 고이시와 나가레에게 고개를 숙이며 인사했다.

"아 참, 깜박했네요. 전해드릴 게 있었는데."

나가레가 주방 가운 주머니에서 문고본만 한 하얀 봉투를 꺼냈다.

"네지마 씨 따님이 노부코 씨께 전해드리라고 해서 받아

왔습니다. 손수건 두 장이 들어 있어요."

나가레가 손수건 두 장을 꺼내서 보여주었다.

"이건?"

노부코가 놀란 목소리로 물었다.

"한 장은 55년 전에 노부코 씨가 식당을 뛰쳐나갈 때, 잊어버리고 간 물건이라고 합니다. 다른 한 장은 네지마 씨가 노부코 씨에게 선물하려고 했던 스와토 자수 손수건이에요. 아름답죠? '일편월一片月'이라고 부른다더군요. 당나라 시인 이백의 '자야오가(子夜吳歌, 중국 진나라 때 자야라는 여인이 지은 '자야가'라는 가곡을 바탕으로 지은 한시)'와 관련지어서 만든 무늬인 듯합니다. 알아보니 자야오가라는 시는 멀리 떨어져 있는 님을 그리워하며 기다리는 내용이었습니다. 잊어버리고 간 손수건과 함께 노부코 씨 댁으로 보냈는데, 수신을 거절당했다고하네요. 아마 노부코 씨가 집에 없을 때 도착했겠죠. 인연이 닿질 않았던 거죠……."

나가레가 손수건 두 장을 다시 봉투에 넣어 노부코에게 건네주었다.

"고맙습니다."

보낸 사람의 이름을 물끄러미 바라보다 봉투를 움켜쥔 노부코의 뺨으로 한 줄기 눈물이 흘러내렸다.

"이렇게 운치 있는 선물을 해주시다니."

다에가 손수건으로 눈가를 눌렀다.

다에와 노부코가 느릿한 발걸음으로 식당을 떠났다. 고이시와 나가레는 두 사람의 모습이 사라질 때까지 식당 앞에서 있었다.

식당으로 돌아온 나가레와 고이시는 정리정돈을 마치고, 저녁 준비를 시작했다.

"아빠. 설마 옛날 애인 이름이 고이시였던 건 아니지?"

거실로 들어오자마자 고이시가 나가레를 살짝 흘겨보며 물었다.

"바보 같은 소리. 난 한평생 네 엄마 한 사람뿐이야. 그렇지, 기쿠코?"

나가레가 돌아보며 불단에 미소를 건넸다.

"엄마, 속으면 안 돼. 남자란 생물들은 무슨 생각을 하는지 도통 알 수가 없거든."

"그런 소리나 하니까 이제껏 시집을 못 가지."

"못 가는 게 아니거든. 안 가는 거지. 죄다 한심한 남자들 뿐인 걸, 뭐."

"쓸데없는 소리 그만하고, 얼른 저녁이나 준비해. 엄마가 기다리다 지쳤겠다. 비프스튜랑 와인, 엄마가 좋아했던 건데."

"자, 잠깐만! 아빠, 대체 어떻게 된 거야? 그 와인 엄청 비싼 거잖아?"

"잘 아네."

"그런 와인을 살 돈이 어디 있었어?"

"히데 씨가 뜻밖에 돈을 많이 보내셨더라."

"우와, 기대된다! 그 와인 이름이 뭐였지? 들어도 금세 잊어버리겠지만."

"'샤토 무통 로칠드'야. 엄마가 태어난 해인 1958년산. 이 라벨은 달리가 그렸단다. 비싸다곤 해도 1959년산보다는 싸. 그리 대단할 건 없어. 지난번에 너한테 사준 컴퓨터 가격이랑 비슷한 수준이지."

"뭐? 이 와인 한 병이 10만 엔이나 해?"

"뭐, 어떠냐. 엄마 살아생전에 사치 한 번 제대로 못했는데."

"아빠는 가끔 엄청 과감한 행동을 하더라."

"게다가 오늘은 엄마 기일이잖니. 설마 네가 잊지는 않았을 텐데."

"잊을 리가 있나. 자요, 엄마."

고이시가 꽃다발을 풀며 말했다.

"크리스마스로즈. 엄마가 아주아주 좋아했던 꽃이야."

불단 앞에 놓인 작은 상 위에 꽃을 올렸다.

"좀 추워졌구나."

나가레가 창밖으로 시선을 던졌다.

"첫눈 오면 좋을 텐데. 엄마는 눈을 좋아했으니까."

눈을 감은 고이시가 불단에 합장을 올렸다.

고등어 초밥

어린 시절 행복을 찾아드립니다

교토 역에서 택시를 탄 이와쿠라 도모미는 뒷좌석에서 배를 몇 번이나 문질렀다.

신칸센 열차 안에서 업무 협의를 하며 먹은 도시락이 아직도 배 속에 그대로 남아 있었다. 그런데 지금부터 향하는 곳이 식당이다. 이와쿠라는 평소 먹는 위장약을 들고 오지 않은 게 살짝 후회가 되었다.

가라스마 거리에서 택시를 내린 이와쿠라는 주변을 살펴본 후, 조심스럽게 검은 테 안경을 벗고 히가시혼간지 앞에 늘어선 은행나무를 올려다보았다.

은행잎이 황금빛으로 물들어 있었다. 이와쿠라는 깊어진 가을을 그제야 처음 알아차렸다. 도쿄에서 일할 때는 전혀

의식하지 못한 계절의 변화를 느끼게 해주는 곳이 바로 이곳, 교토라는 고장이다.

신호가 파란색으로 바뀌었다. 안경을 다시 쓰고, 고개를 살짝 숙이며 횡단보도를 건넜다. 쇼우멘 거리를 좌우로 둘러보며 부산스럽게 눈동자를 움직였다. 좁은 길에 불교용품 가게와 승복 가게, 잡거빌딩 등이 늘어서 있었다. 택시 운전기사의 말처럼 식당으로 보이는 가게는 분명 눈에 띄지 않는 거리였다.

택시 뒤에 바짝 붙어서 따라오던 검은색 세단은 바로 옆을 스쳐지나 길가에 멈췄다. 마치 이쪽 상황을 엿보는 듯했다. 그 모습을 곁눈질로 살피며 나지막이 혀를 찬 이와쿠라는 잰걸음으로 걸어가기 시작했다.

"이 주변에 식당이 없습니까?"

구부정한 자세로 손수레를 밀고 가는 노파를 발견한 이와쿠라가 물었다.

"식당은 남쪽으로 하나 더 내려간 길목에 있어요. '다이야식당'이란 데 말이지?"

"아뇨, 그런 이름은 아닌데……."

이와쿠라의 말을 들은 노파가 택배 차를 손가락으로 가리켰다.

"저기 저 청년에게 물어보지 그래. 나 같은 노인네는 잘 몰라."

이와쿠라가 잰걸음으로 달리며 길 맞은편에 주차되어 있는 트럭으로 향했다.

"실례합니다. 이 주변에 '가모가와 식당'이라는 가게가 있습니까?"

"가모가와 식당? 들어본 적 없는데. 주소가 이 근처예요?"

파란 세로 줄무늬 유니폼을 입은 택배기사가 짐칸을 정리하며 두어 번 고개를 갸웃거렸다.

"네. 쇼우멘 거리와 히가시노토인 거리(東洞院, 교토의 남북 거리 중 하나) 교차점에서 동쪽으로 돌라고 하던데."

이와쿠라가 콧수염을 문지르며 메모지를 보여주었다.

"아아, 여기요. 저쪽 오른편 두 번째 집이에요. 간판을 떼어낸 자국이 보이죠?"

큼지막한 종이상자를 품에 안은 택배기사가 턱으로 가리킨 곳에는 장사를 접은 것처럼 보이는 살풍경한 상가가 있었다.

이와쿠라가 메모지를 주머니에 집어넣자, 택배기사가 살짝 미소를 지은 후 트럭에 올라탔다.

이와쿠라는 좁은 길을 천천히 건너서 상가 건물 앞에 섰다.

이와쿠라는 식당 같지 않은 분위기에 잠시 당황스러웠지만, 이내 결심을 굳히고 알루미늄 미닫이문을 옆으로 밀었다.

"어서 오세……."

돌아본 여성의 말이 중간에 멈췄다.

"식사, 할 수 있습니까?"

하얀 가운을 입은 젊은 여성이 천천히 고개를 갸웃거린 후, 요리사에게 묻듯 주방 안쪽을 들여다봤다.

"오늘의 정식밖에 안 되는데, 그거라도 괜찮으신가요?"

식당 분위기와는 어울리지 않게 제대로 복장을 갖춰 입은 요리사가 주방에서 이와쿠라에게 얼굴을 돌렸다.

"그거면 됩니다. 양은 적게 주세요."

이와쿠라가 안심한 표정으로 4인용 탁자에 앉았다. 윤기나는 가공 합성수지판을 붙인 탁자 위에는 신문과 주간지가 널브러져 있었다. 방금 전까지 식당에 손님이 있었겠지.

빨간 비닐을 씌운 둥그런 파이프 의자에 앉아 주위를 둘러보았다. 4인용 탁자 네 개와 주방 경계선에 카운터 자리가 다섯 개. 입구 쪽 천장에는 선반이 매달려 있고, 신단神壇과 나란히 액정 텔레비전이 놓여 있었다. 먼저 와 있는 손님은 두 명. 카운터와 탁자 자리에 남녀가 각각 한 사람씩. 양쪽 다 이와쿠라에게 등을 돌리고 앉아 있었다. 밖에서 볼 때는 이상했지만, 막상 안으로 들어오니 지극히 평범한 식당이었다.

이와쿠라가 신문을 펼쳤다.

"고이시짱. 차 좀 줄래?"

탁자 자리에 앉아 있던 젊은 남성이 하얀 가운을 입은 여성에게 말을 건넸다.

"어머, 미안해요, 히로 씨. 몰랐네."

고이시라 불린 여성이 상냥한 목소리로 대답하며 탁자로 달려가더니 찻잔에 주전자를 기울였다.

듣고 보니 고이시라는 이름이 아주 잘 어울리는 여성이었다. 작은 몸집에 둥그런 얼굴. 한자를 뭘 쓸까 상상하던 이와쿠라는 가장 간단하게 작은 돌, 즉 '小石'를 떠올렸다.

"오늘 카레는 평소보다 맵네. 매운 강도가 최고 수준에 가까워. 나가레 씨가 조리법을 바꿨나?"

히로 씨라고 불린 남자 손님이 이마에 난 땀을 하얀 손수건으로 훔치며 고이시에게 물었다.

"글쎄요. 우리 아빠는 워낙 변덕쟁이라. 단지 오늘 기분이 최고로 매운 수준인 것뿐이지 않을까요?"

조금 전에 본 요리사가 고이시의 아버지인 모양이다. 부녀가 규모 있게 꾸려 나가는 식당이었군. 아무래도 요리사가 아까 말한 오늘의 정식은 카레인 듯하다.

"디저트 오래 기다리……, 아, 죄송해요. 미즈카시 가져왔어요."

고이시가 카운터 자리로 작은 쟁반을 내왔다.

"그렇지, 그렇지. 서양요리면 디저트겠지만, 일본요리의 마지막에 내놓는 과일은 미즈카시라고 해야지. 어머나, 말차가 아주 맛있게 됐네. 깊이 음미하며 마실게요. 얼른 여기부터 좀 치워줘."

기모노를 입은 노부인이 그릇 몇 개가 담긴 네모난 쟁반을 가리켰다.

"말씀 안 하셔도 치우려고 했어요. 마지막까지 깨끗하게 다 드셔서 아빠도 기뻐할 거예요."

고이시가 쟁반을 치우고 행주로 카운터를 훔치면서 투정하는 듯한 말투로 얘기했다.

"나가레 씨. 오늘도 맛있게 먹었어요."

카운터의 노부인이 엉거주춤한 자세로 일어서며 주방에 말을 건넸다.

"다에 씨. 늘 감사합니다. 입맛에 맞으셨다니 다행이에요."

나가레라고 불린 요리사가 주방에서 얼굴을 내밀고 노부인에게 미소를 건넸다.

일본요리라는 표현을 쓰는 걸 보면, 아무래도 그 노부인이 먹은 음식은 아주 매운 카레가 아닌 듯하다. 이와쿠라가 펼친 신문 틈새로 카운터 쪽을 곁눈질했다. 다에라고 불린 여성 앞에는 말차 잔과 과일이 놓여 있었다.

"그런데 나가레 씨. 달걀찜에 송이버섯을 넣은 건 좀 과했어요. 보나마나 단바산 송이일 텐데, 향이 너무 강해서 맛있는 달걀찜 풍미가 묻혀 버렸어. 과유불급이라는 말도 있잖아요. 담백한 맛국물로 만드는 달걀찜에는 백합뿌리와 어묵, 표고버섯만 넣어도 충분해요."

노부인이 엉거주춤한 자세로 단호하게 잘라 말했다.

"다에 씨한테는 정말이지 당해낼 재간이 없다니까요. 앞으로 주의하겠습니다."

하얀 모자를 벗은 나가레가 씁쓸하게 미소를 지었다.

"평소대로 내면 되겠지?"

기모노를 입은 다에 씨가 지갑을 꺼냈다.

"8천 엔입니다."

고이시가 아무렇지 않은 표정으로 말했다.

"잘 먹었어요."

다에 씨는 만 엔짜리 지폐를 고이시에게 건넸다. 그러고는 거스름돈을 받는 기색도 없이 그냥 밖으로 나갔다. 다에 씨는 생각보다 키가 컸고, 꼿꼿한 등에 다쓰타 강 그림이 그려진 오비(기모노의 허리띠)가 썩 잘 어울렸다. 이와쿠라는 그 뒷모습을 멍하니 바라보며 배웅했다.

"오래 기다리게 해서 죄송합니다."

나가레라는 요리사가 알루미늄 쟁반에 담은 음식을 이와쿠라에게 들고 왔다.

"이게 오늘의 정식…… 입니까?"

탁자에 늘어선 요리를 본 이와쿠라가 눈을 휘둥그레 뜨며 놀라워했다.

"우리 식당에는 메뉴판이 없어요. 그래서 처음 오신 손님에게는 오늘의 정식을 대접하죠. 이걸 드시고 입에 맞으시면, 다음에 오실 때는 좋아하는 음식을 만들어드립니다. 뭐, 아무튼 천천히 드시죠."

나가레가 쟁반을 옆구리에 끼고 가볍게 인사를 했다.

"저어……."

그 등에 대고 이와쿠라가 말문을 열자, 나가레가 돌아보았다.

"무슨 하실 말씀이라도?"

"여기가 '가모가와 식당' 맞죠?"

"아 네, 뭐, 그런 셈입니다."

"그럼, 가모가와 탐정사무소는 어디에?"

"어이쿠, 이런! 그쪽 손님이셨군요. 그럼, 처음부터 말씀하셨으면 좋았을걸."

나가레가 요리를 치우기 시작하자, 이와쿠라가 허둥지둥 말렸다.

"아뇨. 요리는 물론 먹을 거예요. 그러고 나서 잠깐 상담을……."

그렇게 말하며 이와쿠라가 젓가락을 들었다.

미즈나(겨자과에 속하는 채소의 한 품종)와 유부 니비타시(많은 재료를 넣고 오랫동안 연하게 조린 음식). 청어와 가지조림. 순무절임. 멸치 달걀볶음. 고등어 초회. 토란대 참깨무침. 된장구이는 병어일까? 갓 구워냈는지 김이 모락모락 피어올랐다. 된장국의 재료는 양파와 감자. 이와쿠라는 살짝 합장을 한 후, 기요미즈야키 밥그릇을 왼손에 들고 젓가락을 뺐었다.

처음 찾은 식당인데도 정겨운 요리들이 늘어서 있었다. 배가 꽉 찬 상태였던 것도 까맣게 잊고, 맨 먼저 젓가락을 뺀 반찬은 멸치 달걀볶음이었다.

입안에 넣자마자, 이와쿠라는 자기도 모르게 눈을 지그시 감았다. 달콤한 달걀에 살짝 쌉쌀한 멸치 맛이 어우러졌다. 향긋한 참기름 냄새도 옛날 맛 그대로였다. 이와쿠라는 몸을 내밀고 점잖지 못하게 이리저리 망설이며 젓가락질을 했다.

젓가락으로 집어서 단번에 생선살을 뭉그러뜨린 청어는 양념이 약간 센 듯하지만, 이와쿠라의 입맛에는 딱 맞았다. 순무절임을 씹으며 젓가락질을 잠시 멈추고, 된장국 그릇을 집어 들었다. 이와쿠라는 어릴 때부터 줄곧 된장국 건더기는 감자와 양파를 섞어 넣는 게 최고라고 믿고 있었다. 된장 양도 딱 적당하게 들어 있었다. 차례차례 먹다 보니 뜻하지 않게 밥공기를 깨끗이 비웠다. 그 모습을 본 고이시가 키득거리며 웃었다.

"밥 좀 더 드릴까요? 아직 많은데."

고이시가 쟁반을 내밀며 물었다.

"고맙습니다. 마음 같아서는 더 먹고 싶지만, 이 정도로 해 두죠."

손수건으로 콧수염을 훔친 이와쿠라가 손바닥으로 밥공기 뚜껑을 덮는 시늉을 했다.

배가 터질 지경이었다. 정신없이 먹은 게 조금 후회가 되었다.

"음식이 입맛에 맞으신 것 같아 다행이에요."

고이시가 찻잔에 차를 따라주면서 말했다.

"이봐, 소장. 그분은 널 찾아온 손님이야. 차 드시고 한숨 돌리시면 안으로 안내해드려."

그릇을 치우러 온 나가레가 말했다. 탐정은 고이시였나? 이와쿠라는 살짝 놀랐다.

"어머, 그래요? 처음부터 말씀하셨으면 좋았을걸."

고이시가 정성스레 탁자를 닦으며 말했다.

역시나 그 아버지에 그 딸. 말하는 내용도 말투도 완전히 똑같았다.

"아가씨가 '음식'을 찾아주는 건가요?"

이와쿠라가 차를 마시면서 고이시를 올려다보았다.

"엄밀히 말하면, 실제로 찾는 사람은 아빠예요. 저는 단지 접수처 창구라고나 할까, 통역 같은 역할이죠. 이런 말씀을 드리면 실례일지 모르지만, '음식'을 찾아달라고 찾아오시는 손님은 좀 이상야릇하잖아요? 아빠로서는 이해할 수 없는 면이 많아요. 그래서 제가 그걸 알기 쉽게 설명해서……."

몸집이 작은 고이시가 허리를 굽히자, 의자에 앉아 있는 이와쿠라와 눈높이가 같아졌다.

"고이시. 괜한 소리는 그만해."

나가레가 주방에서 얼굴을 내밀며 열변을 쏟아놓는 고이시를 제지했다.

"잘 먹었습니다. 나가레 씨, 역시 이 정도 매운 게 맛있는 것 같아요."

줄곧 스마트폰을 만지작거리고 있던 히로 씨가 자리에서 일어서며 주방을 향해 말했다.

"고마워. 미식가인 히로 씨에게 그런 말을 들으니 기쁘네."

나가레가 얼굴 가득 환한 미소를 머금었다.

"늘 말씀드렸잖아요. 저는 미식가가 아니라, 단순한 먹보일 뿐이라고."

히로 씨라는 남성이 500엔짜리 동전을 탁자에 툭 내려놓고, 알루미늄 미닫이문을 열었다.

"야, 낮잠! 들어오지 마. 그러다 아빠한테 또 차인다."

고이시가 큰 소리로 외쳤다. 입구에 누워 있던 얼룩고양이가 히로 씨의 다리에 달라붙으며 재롱을 부렸다.

"그래, 낮잠. 나가레 씨는 조심해야 돼."

히로 씨가 얼룩고양이의 머리를 쓰다듬어준 후, 동쪽 방향으로 걸음을 내디뎠다.

"히로 씨, 내일은 우리 쉬는 날이니까 다른 식당에서 먹어요."

고이시가 서운한 목소리로 그의 등에 대고 말하자, 히로가 손을 들고 살랑살랑 흔들었다.

손님이 이와쿠라 혼자만 남아서 갑자기 조용해졌다. 고이시가 서둘러 식당 안쪽으로 들어갔다.

이와쿠라의 휴대전화가 안주머니 속에서 흔들리며 문자 수신을 알렸다.

'제한시간까지 30분 남았습니다.'

휴대전화의 문자를 본 이와쿠라가 나지막이 한숨을 내쉬었다.

"준비되셨으면 안으로 가실까요?"

주방에서 나온 나가레가 이와쿠라에게 손짓을 했다.

"탐정사무소가 식당 안쪽에 있습니까?"

"탐정사무소니 뭐니 할 만큼 버젓하진 못합니다. 그냥 심부름센터 같은 곳이죠. 요즘 세상에 식당만 해서는 먹고살기 힘들어서요."

주방 옆에 있는 문을 연 나가레가 좁고 긴 복도로 걸어갔다. 복도의 양쪽 벽은 요리 사진들로 가득 메워져 있었다.

"이걸 전부 주인께서 만드셨습니까?"

"별 대단한 건 없어요. 음식을 만드는 거든, 먹는 거든, 다 좋아해서요."

나가레가 뒤를 돌아보며 미소를 지었다.

"이건 혹시 중국음식……."

이와쿠라가 왼쪽 벽 가운데쯤에 붙어 있는 사진을 손으로 가리켰다.

"아아, 그거요. 맞습니다. 불도장(佛跳牆, 죽순, 상어 지느러미 등 30여 가지 재료에 12가지 보조 재료가 첨가된 중국의 대표적 보양식 중 하나)이에요. 너무 맛있는 냄새가 나서 수행 중인 스님들까지 담장을 넘어서 먹으러 온다는 요리죠."

나가레가 멈춰 서서 대답했다.

"그렇지만 이 요리는 식재료를 갖추는 것만도 큰일일 것 같은데, 실례지만 이 식당에서 만드셨나요? 어느 분에게 대접하셨죠?"

이와쿠라가 물었다.

"제 아내에게 만들어줬습니다. 만병에 좋다고 하기에……. 뭐 하긴, 별다른 효과는 없었지만, 맛있다는 말을 몇 번이나 해줬으니 효과는 몰라도 맛 하나는 괜찮았나 봅니다."

나가레가 씁쓸한 미소를 머금었다.

"자, 이쪽입니다."

앞서 걸어간 나가레가 문을 열었다. 이와쿠라는 나가레에게 목례를 한 번 하고, 곧바로 안으로 들어갔다.

다다미 여섯 장 넓이쯤 되는 방에는 낮은 탁자를 사이에 두고 소파 두 개가 마주 놓여 있고, 안쪽 소파에는 검은 정장으로 갈아입은 고이시가 앉아 있었다. 이와쿠라는 맞은편에 앉았다.

"가모가와 고이시입니다. 잘 부탁드립니다. 그럼 먼저 여기에 성함, 주소, 나이, 생년월일, 연락처, 직업을 적어주세요."

새삼스럽게 다시 정식으로 인사를 한 고이시가 회색빛 서류철을 탁자에 내려놓았다.

"꼭 다 써야 합니까?"

이와쿠라가 펜을 쥔 채로 고이시의 얼굴을 똑바로 쳐다보았다.

"걱정하실 건 없어요. 개인정보는 엄중하게 관리하고 있고, 수비의무도 있으니까. 아, 그래도 혹시 원치 않으시면 상관은 없어요. 야마다 타로든 뭐든 이름은 적당히 쓰셔도 돼요. 연락처만 확실하면 되니까."

고이시가 사무적으로 대답했다.

잠깐 망설인 이와쿠라는 고이시가 제안한 대로 이름을 '야마다 타로'라고 쓰고, 주소도 적당히 써넣고, 직업은 공무원이라고 썼다. 쉰여덟 살인 나이는 그대로 기입하고, 연락처는 개인용 휴대전화 번호를 적어 넣었다.

"자 그럼, 야마다 타로 씨, 본론으로 들어갈까요. 어떤 음식을 찾아드릴까요?"

고이시가 물었다.

"고등어 초밥을 찾고 싶어요."

"어떤 고등어 초밥이죠? 예를 들면 교토의 유명한 가게 '이즈우'의 섬세한 고등어 초밥이라거나? 아니면 '하나우이'처럼 와일드한······."

고이시가 공책에 글씨를 써내려가며 말했다.

"아니, 그런 유명한 가게의 초밥이 아니에요. 어릴 때 먹었던 고등어 초밥이에요."

이와쿠라가 안경을 벗고, 먼 곳을 바라보는 눈빛을 띠었다.

"야마다 씨. 전에 저랑 어디서 만난 적이 없나요?"

고이시가 몸을 내밀며 이와쿠라의 얼굴을 들여다봤다.

"아뇨, 오늘 처음 봤어요."

이와쿠라가 얼굴을 돌리며 허둥지둥 안경을 썼다.

"뭐, 그건 그렇다 치고. 그런데 어떤 추억이 깃든 음식이죠?"

고이시가 펜을 쥔 손을 멈추며 물었다.

"이미 50년 가까이 지난 일이라 기억이 조금 애매한 부분도 있긴 한데."

이와쿠라가 기억을 더듬으며 띄엄띄엄 얘기를 시작했다.

이와쿠라의 본가는 여기에서 북쪽으로 5킬로미터 정도 떨어진 교토 고쇼의 서쪽, 무샤코지초에 있었다.

"아버지는 일 때문에 늘 도쿄에 가 계셨어요. 그래서 집에서 뵙던 기억이 없어요. 대개는 어머니와 여동생과 셋이서 식탁에 앉곤 했죠. 대화도 없고, 쓸쓸하고 조용한 식탁이었어요. 거기에 고등어 초밥이 올라왔던 건 아니에요."

이와쿠라의 눈썹이 쓸쓸한 듯이 찡그려졌다.

"그럼, 그 고등어 초밥을 어디서?"

고이시가 목소리를 살짝 낮추며 물었다.

"집 근처에 있었던 '구와노'라는 여관에서 먹었죠."

"여관이요? 그렇다면 전문가가 만든 요리겠네요."

고이시가 기세 좋게 글씨를 써내려갔다.

"그건 아닙니다. 여관이긴 했어도 내가 먹었던 건 가게에서 손님에게 대접하는 음식은 아니었을 겁니다."

이와쿠라가 추억 속에 있는 고등어 초밥에 관해 얘기하기 시작했다.

"50년 전이면, 야마다 씨는 아직 여덟 살이었잖아요. 실례지만, 어린아이가 그런 걸 구별할 수 있었을까요? 여관에서 손님에게 대접하는 요리가 아니라는 걸?"

고이시가 미심쩍은 듯이 물었다.

"물론 여관에서도 똑같은 음식을 손님에게 대접했을지도 모르죠. 하지만 내가 먹은 것은 설령 똑같은 음식이었다 하더라도 손님용 상품은 아니었어요."

그렇게 말한 이와쿠라가 가슴을 살짝 폈다.

"알 듯하면서도 알 수 없는 얘기네요."

고이시가 쓸쓸하게 웃었다.

"여관의 일부는 여주인이 사는 집이었어요. 나는 늘 그곳 툇마루에서 놀곤 했죠. 3시 무렵이면, 언제나 간식을 챙겨줬어요. 달콤한 군것질거리가 아니라 군고구마나 팥찰밥처럼 요기를 할 만한 간식이었죠. 그중에서 특히 기억에 남는 간식이 고등어 초밥이에요."

"구체적으로 어떤 고등어 초밥이었나요?"

펜을 쥔 고이시가 귀를 기울였다.

"추상적일지 모르지만, 그때 고등어 초밥이라고 하면 가장 먼저 떠오르는 게 행복이라는 단어에요. 구체적으로 얘기하면, 제일 기억나는 건 초밥용 밥이 노란색이었다는 걸까."

"초밥용 밥이 노란색이라고요. 또 다른 건?"

고이시가 빠르게 메모를 적어 갔다.

"요즘처럼 달지 않고, 밥에서 훨씬 신맛이 강했던 기분이 드는군요. 레몬처럼……. 그리고, 아 그렇지. 여관 여주인께서 분명히 오키나와가 맛의 비법이라고 했는데."

"오키나와? 고등어 초밥의 맛을 내는 비법이 오키나와란 말씀이세요?"

고이시가 받아 적으면서도 고개를 몇 번이나 갸웃거렸다.

"50년이나 지난 옛날 기억이라 잘못된 부분도 있겠지만……."

고이시의 반응에 이와쿠라가 살짝 자신 없는 모습을 보였다.

"여주인이 오키나와 출신이었을지도 모르죠."

"그건 잘 모르겠지만, 살아있는 도리이가 어쩌고저쩌고 하는 얘기는 많이 들었습니다. 여주인의 집 근처에 살아있는 도리이가 있다, 뭐, 그런 얘기였던 것 같은데."

턱을 치켜든 이와쿠라가 천장으로 눈길을 돌렸다.

"살아있는 도리이? 오키나와에 그런 게 있었나? 점점 더 모르겠네."

고이시가 공책에 상상한 그림을 그리고, 땅이 꺼져라 한숨을 몰아쉬었다.

"기억나는 건 그 정도랄까."

고이시의 그림을 본 이와쿠라가 소파에 편안하게 기대앉았다.

"대강 알겠어요. 그런데 아빠가 과연 이것만으로 찾아내실 수 있을지 모르겠네."

메모를 받아 적은 공책 몇 장을 들척거리며 고이시가 불안한 듯이 고개를 갸웃거렸다.

"그럼, 기대하겠습니다."

이와쿠라가 소파에서 몸을 일으켰다.

"지금 들은 얘기만으로는 바로 그 음식을 찾아내기 힘들 것 같아요. 그 고등어 초밥을 재현해서 드시는 쪽으로 해도 될까요?"

고이시의 질문에 이와쿠라가 말없이 고개를 끄덕였다.

"일단은 이 사람부터 찾고, 그런 다음에 식재료를 알아내고, 그게 가능해지면 양념을 찾아낸다……. 아 참, 2주 정도 시간을 주실 수 있나요? 2주 안에는 어떻게든 해볼게요."

고이시가 공책을 덮고 얼굴을 들었다.

"2주? 그렇게 기다릴 시간은 없는데. 일주일 안에 찾아줄 수 없을까요? 다음 주 같은 요일에 이곳에 다시 올 일이 있으니까."

이와쿠라가 고이시의 눈을 바라보며 말했다.

"날짜가 너무 촉박하네요. 일주일 후가 아니면 안 되는 이유라도 있나요?"

이와쿠라가 꽉꽉 들어찬 일정표를 머릿속에 떠올렸다. 다음 주에 업무차 교토에 오는 기회를 놓치면, 그 다음은 언제가 될지 모른다.

"그것도 꼭 말해야 하나요?"

이와쿠라가 안경 속에서 눈을 살짝 크게 뜨며 물었다.

"아뇨, 괜찮아요. 개인적으로 조금 흥미가 있었을 뿐이니까."

상대의 기세에 눌린 고이시가 눈을 내리떴다.

"잘 부탁합니다."

이와쿠라가 탁자에 양손을 짚으며 고개를 숙였다.

"모든 건 아빠한테 달렸지만, 어쨌든 열심히 해볼게요."

"고마워요."

"그런데 이런 말을 하면 실례겠지만, 야마모토 씨는 좀 특이하시네요. 얘기를 들어보니 그 고등어 초밥은 전혀 맛있을 것 같지 않아요. 요즘 교토에 맛있는 고등어 초밥이 넘쳐나는데, 왜 굳이 그런 특이한 음식을 드시고 싶으실까?"

"고이시 씨. 그건 아가씨가 아직 젊기 때문이에요. 젊을 때는 무조건 맛있는 음식에 굴복하게 마련이지만, 나처럼 나이가 들면 추억이라는 양념에 마음이 더 끌리게 돼요. 나를 그토록 행복하게 해줬던 고등어 초밥을 다시 한 번 먹고 싶어지는 거죠. 그리고 난 야마모토가 아니라 야마다예요."

이와쿠라가 씁쓸한 미소를 머금었다.

"실례했습니다. 그런데 야마다 씨, 저는 그렇게 젊진 않아요. 서른이 훌쩍 넘었으니까. 흐음, 일주일이라……. 하루만 더 시간을 주세요. 다음 주 수요일로. 식당도 쉬는 날이라 이래저래 편할 것 같네요."

이번에는 짧은 휴가를 내서 방문했지만, 다음 주에는 공식적인 출장이다. 자유로운 시간은 한정되지만, 조금 무리하면 한 시간 정도는 어떻게든 낼 수 있을 것이다.

"수요일이요? 알겠습니다. 그럼, 점심 무렵에 찾아뵙겠습니다. 혹시 어려울 것 같으면 일찍 연락 주십시오."

"우리 아빠는 판단이 빨라서 안 될 것 같을 때는 금방 알아요."

고이시가 눈가에 미세한 주름을 잡으며 말했다.

"아까 먹은 식사랑 같이 계산해주시죠."

이와쿠라가 지갑을 꺼냈다.

"저희는 성공 보수로 받으니까 다음 주에 오실 때 계산하세요. 오늘의 정식은 천 엔이에요."

"그렇게 훌륭한 식단이 천 엔이라고요? 왠지 좀 미안한데."

이와쿠라가 천 엔짜리 지폐를 고이시에게 건넸다.

"영수증은 어떻게 할까요?"

"됐어요, 필요 없어요. 아 그렇지, 야마다 타로 앞으로 써

줄래요? 뜻깊은 기념이 될 것 같은데."

"택시 불러드릴까요? 이 주변에서는 택시 잡기가 꽤 힘들거든요."

영수증을 쓰면서 고이시가 물었다.

"괜찮아요. 슬슬 구경도 하면서 걸어가죠, 뭐."

고이시를 따라 좁고 긴 복도를 지나 식당으로 돌아오자, 신문을 펼친 나가레가 심각한 표정으로 카운터 자리에서 카레를 먹고 있었다.

이와쿠라를 본 나가레가 허둥지둥 신문을 접고, 숟가락을 내려놓았다.

"괜찮습니다, 천천히 드세요."

재빨리 신문을 훑어본 이와쿠라의 어깨가 잠시 딱딱하게 굳었다.

"고이시, 손님 말씀은 잘 들었니?"

컵에 든 물을 다 들이켠 나가레가 고이시에게 물었다.

"잘 들었어. 나머지는 아빠 실력에 달렸어."

고이시가 나가레의 팔을 손바닥으로 내리치자, 식당 안에 경쾌한 소리가 울려 퍼졌다.

"웬 힘이 그렇게 세."

나가레가 얼굴을 찡그리며 팔을 문질렀다.

"그럼, 다음 주에 다시 뵙겠습니다. 잘 부탁드립니다."

살짝 미소를 머금고, 정중하게 허리를 굽힌 이와쿠라가 식당 밖으로 나갔다.

"고맙습니다. 그럼, 다음 주에 뵐게요. 기다리고 있겠습니다."

그 뒷모습에 대고 고이시가 인사를 하자, 나가레도 따라 했다.

"고이시. 너, 지금 뭐랬어? 다음 주에 뵙겠다고? 늘 얘기했잖아, 결과를 내려면 최소한 2주일은 걸린다고."

나가레가 고개를 들자마자 고이시를 흘겨보았다.

"그렇지만 야마다 씨가 일주일 만에 꼭 해달라는 걸 어떡해. 아빠가 늘 그랬잖아. 고객의 요구에 맞추는 게 탐정의 역할이라고."

"입은 살아 가지고! 뭐, 하는 수 없지, 이미 엎질러진 물이니. 그나저나 안건은 뭐야? 일주일에 해결할 만한 간단한 얘기야?"

고이시가 들고 있던 공책을 나가레가 재빨리 낚아채서 페이지를 펼쳤다.

"아빠라면 간단하겠지. 사흘만 있으면 충분한 거 아닌가?"

고이시가 나가레의 등을 내리치자, 아까보다 더 큰 소리가
났다.

"난 이런 고등어 초밥은 금시초문인데."

나가레가 공책에 시선을 떨어뜨린 채 미간에 주름을 몇
줄이나 잡았다.

"그걸 찾아내는 게 아빠의 실력이지. 최선을 다해봐. 아
참, 나도 카레 먹어야겠다. 히로 씨가 마음에 들어 한 카레는
어떤 맛일까?"

고이시가 깡충거리며 주방으로 들어갔다.

나가레는 파이프 의자에 걸터앉아 공책을 들척였다. 그의
표정은 점점 더 심각해질 뿐이었다.

"카레, 맛있다."

고이시가 주방에서 웃는 얼굴로 내다봤지만, 나가레는
공책에서 시선을 떼지 못하고, 손가락으로 글씨를 더듬어
나갔다.

"'노란색 밥', '레몬', '오키나와', '구와노 여관', '살아있
는 도리이'……. 주요한 실마리는 이 정도뿐인가? 엄청난 난
제로군."

공책을 덮은 나가레가 팔짱을 끼고 천장으로 시선을 던
졌다.

"걱정 마. 아빠라면 그 정도 수수께끼는 금방 풀 수 있어. 그보다 아빠, 조금 전에 무지 심각한 표정으로 신문을 읽던데, 무슨 일 있어?"

설거지를 하면서 고이시가 큰 소리로 물었다.

"열흘 후면 또 소비세를 올리는 법안이 통과될 모양이야. 지금도 힘들어 죽겠는데, 이보다 더 오르면 일본 전체가 두 손 두 발 다 들 거다."

나가레가 신문을 탁자 위로 집어던졌다.

"정말 그러네. 이번 총리대신도 막 그 자리에 올랐을 때는 듣기 좋은 소리만 하더니 이젠 슬금슬금 뒤로 빠지네."

고이시가 식기정리대에 설거지한 접시를 포갰다.

"그 사람도 결국 2세 정치가 아니냐. 주위에 떠밀릴 수밖에 없겠지. 그래도 총리가 됐을 때, '결단할 때는 의연하게……'라고 했던 말은 잊으면 안 될 텐데 말이다."

나가레가 힘이 담긴 시선으로 신문의 사진을 응시했다.

"정치가 어떻게 굴러가든 우리는 일단 일부터 해야지. 은행 다녀올게."

고이시가 앞치마를 풀며 말했다.

"그러게 말이다. 여기서 가만히 생각만 한다고 좋은 지혜가 떠오를 리 없겠지. 나도 잠깐 무샤코지초에 다녀오마. 일주일밖에 없으니 우물쭈물할 시간이 없어. 근처에 가서 물어보면 어떤 여관인지 알 수 있겠지."

나가레가 하얀 가운을 벗어서 의자 등받이에 걸었다.

"네, 다녀오세요. 근데 밤까지는 들어올 거지? 오늘 저녁은 어떡할까? 왠지 초밥이 당기는데."

고이시가 나가레에게 의미 있는 눈빛을 던졌다.

"사치스러운 소리하네. 보나마나 빤하지. 히로 씨 가게에 가고 싶은 거잖아."

"정답! 역시 우리 아빠야. 훌륭한 추리였어."

"비행기 태워도 소용없어. 아빠는 지금 경제적 위기 상태야. 너까지 사줄 돈 없어. 미리 말해두지만, 오늘 밤은 각자 계산이다."

"쳇, 구두쇠! 알았어, 히로 씨네 초밥만 먹을 수 있다면 오케이."

고이시가 뺨을 붉게 물들이며 말했다.

◇◇◇◇◇◇◇◇◇◇◇◇◇◇◇◇

초심, 고등어 초밥

단풍철이 절정을 맞아 교토 거리는 사람들로 넘쳐났다. 가모가와 식당 앞의 쇼우멘 거리도 히가시혼간지와 탱자나무 저택(교토의 벚꽃 명소인 쇼세이엔(涉成園)의 별칭)을 오가는 관광객들로 평소보다 훨씬 북적거렸다.

"야마다 씨, 약속대로 오실까?"

식당 앞에 웅크려 앉은 고이시가 낮잠의 등을 쓰다듬으며 말했다.

"연락은 확실하게 했니?"

나가레가 애가 타는 표정으로 오가는 사람들을 둘러보며 물었다.

"했다니까. 그런데 야마다 씨 분위기가 왠지 무척 바빠 보였고, 그래서 그런지 오는 시간도 지난주보다 조금 늦어 진댔어."

"그렇지만 벌써 1시야. 지난번에는 딱 점심 무렵에 오셨 는데."

재롱을 부리며 발밑으로 다가오는 낮잠을 나가레가 쫓아 냈다.

"저분 아닌가? 지금 택시에서 내린 저 사람."

고이시가 히가시혼간지 쪽을 손으로 가리켰다.

"늦어서 죄송합니다. 일부러 마중까지 나오셨나요?"

짙은 파란색 양복을 입은 이와쿠라가 하얀 가운 차림인 두 사람에게 잰걸음으로 달려왔다.

"고양이랑 햇볕 좀 쬐고 있었습니다. 으음, 어서 들어오시 죠."

나가레가 미닫이문을 열었다.

"너무 급하게 부탁드려서 죄송합니다."

식당에 들어오자마자 이와쿠라가 고개를 숙였다.

"또 일하러 가셔야 하죠? 바로 본론으로 들어갈게요. 지금 부터는 아빠가 나설 차례예요."

고이시가 이와쿠라를 탁자 자리로 안내했다. 지난주에는 편안한 차림새였는데, 오늘은 아무리 봐도 일하는 도중에 빠져나온 듯했다.

가공한 합성수지가 깔린 탁자를 사이에 두고, 나가레가 이와쿠라와 마주 앉았다. 고이시는 주방으로 들어갔다.

"그나저나 어떻게 됐습니까? 찾으셨나요?"

한숨 돌린 후, 이와쿠라가 말문을 열었다.

"못 찾았으면 여기로 못 모셨겠죠."

나가레가 쓸쓸하게 웃었다.

"고맙습니다."

"인사를 받기는 아직 이릅니다. 제 나름대로 야마다 씨가 찾고 계신 고등어 초밥은 이거다 생각하고 만들어봤습니다만, 잘못 짚었을지도 모르죠. 그렇다면 부디 너그럽게 이해해주시기 바랍니다."

"그야 물론 잘 알고 있습니다."

이와쿠라가 꿰뚫는 듯한 시선을 나가레에게 던졌다.

"고이시. 오른쪽에서 두 번째 걸로 잘라 와라. 한 토막에 2센티미터 정도로."

주방 쪽으로 고개를 돌린 나가레가 큰 소리로 말했다.

주방에서 또각또각 칼질하는 소리가 들려왔다. 느슨한 박자로 다섯 번 정도 반복되었다.

"술도 있지만, 차가 나을까요?"

고이시가 검은 옻칠을 한 쟁반에 긴 고이마리(에도시대에 아리타 일대에서 생산된 도자기의 총칭) 접시에 담은 고등어 초밥을 내왔다.

"차만 주시면 됩니다. 아직 할 일이 남아 있어서."

이와쿠라가 긴 접시로 힐끗 시선을 던졌다.

뚫어져라 응시하는 이와쿠라는 말이 없었다.

"자, 그럼 드셔보시죠."

등을 곧게 편 나가레가 손바닥을 고등어 초밥 쪽으로 돌리며 권했다.

나가레의 권유를 받은 이와쿠라는 손을 모아 쥔 후, 조급해지는 마음을 억누를 길이 없다는 듯이 서둘러 고등어 초밥을 입에 넣었다. 나가레와 고이시가 그 입가와 표정을 숨죽여 살펴보았다.

이와쿠라는 큰 입으로 고등어 초밥을 꼭꼭 씹으며 깊은 맛을 음미했다.

또다시 한동안 침묵의 시간이 흘러갔다.

"틀림없어. 이겁니다. 이게 바로 내가 찾았던 고등어 초밥이에요."

눈동자가 살짝 촉촉해진 이와쿠라가 입을 열었고, 고등어 초밥 한 조각을 다시 집어 들었다.

"어머, 다행이다."

고이시가 자기도 모르게 박수를 쳤다.

"이 빛깔과 상큼한 신맛. 씹히는 식감. 완벽합니다. 마치
마법을 보는 것 같아요. 50년 전에 제가 먹었던 고등어 초밥
인데, 먹어보지도 못한 당신이 어떻게 이걸……. 좀 더 자세
한 얘기를 들려주시겠습니까."

젓가락을 내려놓은 이와쿠라가 자세를 바로잡았다.

"지난주에 오셨을 때, 야마다 씨가 고이시에게 들려주신
얘기를 하나하나 확인해봤습니다. '구와노 여관', '살아있는
도리이', 그리고 '노란색 밥', '오키나와'. 중요한 키워드는
네 가지라고 생각했죠. 일단은 옛날에 그 여관이 있었다는
가미교 구의 무샤코지초를 찾아갔습니다. 물론 지금이야 여
관의 흔적조차 남아 있지 않지만, 이웃에 사는 분에게 여쭤
보니 '구와노'는 아무래도 성이 아니라 지명 같다는 걸 알아
냈어요. 그런데 '구와노'라는 지명이 일본 전국에 수없이 많
다는 게 문제였죠. 잠깐 눈앞이 캄캄해지더군요."

한숨을 돌리듯이 차를 한 모금 마신 나가레가 얘기를 계
속했다.

"'구와노 여관'이 있었던 자리에는 지금 맨션이 들어섰어
요. 그곳 앞뜰에 나무가 한 그루 심겨져 있었는데, 그게 도

사물나무였죠. 물어보니 여관을 운영할 때부터 있었던 나무라고 하더군요. 그래서 여주인이 혹시 도사土佐 분이 아닐까 싶었죠. 구와노라는 지명도 어렴풋이 기억이 났어요. 어디선가 들어본 이름이다 싶었죠. 조사해 보니 '구와노카와'라는 지명이 있었습니다. 고치 현의 난코쿠 시죠. 그렇게 해서 도사와 '구와노'가 연결된 겁니다. 그렇다면 일단 가볼 수밖에요."

나가레가 웃는 얼굴로 바라보자, 이와쿠라도 미소를 머금었다.

"우리 아빠는 현장주의거든요."

고이시가 믿음직스러운 듯이 나가레를 바라보며 장단을 맞췄다.

"식당을 하루 쉬고 현지에 가봤습니다. 난코쿠 시의 구와노카와로. 일단 '살아있는 도리이'부터 찾았습니다. 마을 분들께 물어보니 지주신사(그 지역의 지주를 모신 신사) 얘기하는 거 아니냐고 한결같이 입을 모아 말씀하시더군요. 찾아가 보니 작고 오래된 신사가 있었고, 그 신사의 도리이가 '살아있는 도리이'였던 겁니다. 야마다 씨, 당신은 어떤 도리이를 떠올리셨나요?"

"어떤 도리이……. 그 당시 저는 아직 여덟 살이라 신사의

도리이가 밤이 되면 슬금슬금 움직이나 상상했죠. 오컬트적
인 이미지를 갖고 있었어요."

이와쿠라가 솔직하게 대답했다.

"저도 처음에는 그런 식으로 상상했습니다. 그런데 거기
에 있었던 것은…… 그건 정말 불가사의한 도리이였어요. 그
게 바로 이겁니다."

나가레가 디지털카메라로 찍어온 영상을 이와쿠라에게
보여주었다.

"이게 도리이라고요? 삼나무 줄기잖습니까."

안경을 벗은 이와쿠라가 눈을 휘둥그레 뜨며 몹시 놀라워
했다.

"맞습니다. 삼나무 두 그루가 합체되어서 도리이 모양이
되었더군요. 구와노카와의 도리이 삼나무라고 부르는데, 그
지역에서는 아주 유명한 존재더군요. 벌채한 나무를 사용해
서 만든 게 아니고, 살아있는 나무라서 '살아있는 도리이'라
고 부르는 겁니다. 여관의 여주인이 말씀하셨던 건 그게 틀
림없다고 확신했습니다. 그래서 신사의 신관님에게 여쭤보
다 우연히 놀라운 사실을 알게 됐습니다."

"우리 아빠는 늘 우연하게 놀라운 사실을 밝혀내거든요."

고이시가 흡족한 표정으로 이와쿠라에게 차를 따라주며

말했다.

"교토에서 여관을 했던 사람이 근처에 살았다는 걸 신관 님이 또렷하게 기억하고 계셨어요. 그곳에서 서쪽으로 조금 만 가면 도사야마니시가와라는 마을이 있는데, '구와노 여 관'의 여주인이 그 고장 출신이라고 합니다. 다이라 하루코 씨라는 이름, 기억이 안 나십니까?"

나가레가 이와쿠라의 눈을 쳐다보았다.

"그러고 보니, 여관에서 일하던 사람들이 하루코 씨라고 불렀던 것 같기도 하고……."

이와쿠라가 천천히 고개를 끄덕였다.

"여관을 닫고 고향으로 내려간 다이라 하루코 씨는 이미 돌아가셨지만, 하루코 씨에게 직접 초밥 만드는 방법을 전수 받은 여성을 만날 수 있었어요. 그분에게 이런저런 얘기를 듣고 만들어본 게 바로 이 고등어 초밥입니다. 식초에 절이 는 정도도 도사 방식을 따랐지만, 고등어는 그 당시 유통을 고려해서 와카사산을 썼습니다."

나가레가 고등어 초밥을 지그시 바라보며 말했다.

"도사 사람이었군요. 나는 오키나와나 교토 사람일 거라 고 믿어 의심치 않았는데."

콧수염에 낀 밥알을 손가락으로 떼어낸 이와쿠라가 세 점째 초밥으로 손을 뻗었다.

"도사에는 시골초밥이라는 게 있는데, 밥에 그 지역의 특산물인 유자를 쓰더군요. 식초와 유자 액을 섞어 써서 노란 빛깔이 나는 겁니다. 독특한 향이 감돌기 때문에 식욕을 돋우는 데는 최고죠. 레몬과는 조금 다른 향이지만."

옆에 앉은 고이시가 코를 킁킁거렸다.

"이건 뭐죠? 얇게 썬 가지 같은데."

이와쿠라가 고등어 살과 밥 사이에 끼어 있는 채소를 알아차렸다.

"마지막까지 몰랐습니다만, 바로 그거였어요. 그게 야마다 씨의 기억에 남아 있던 오키나와, 정확하게는 류큐(오키나와의 옛 이름)입니다. 도사 지역에서는 하스이모(토란과의 다년생 상록 식물)를 류큐라고 부르고, 그걸 얇게 저며 고등어와 겹쳐서 고등어 초밥을 만드는 경우도 있다고 합니다. 교토 방식의 고등어 초밥에 비유하자면 다시마 같은 거겠죠. 야마다 씨의 기억에는 류큐라는 말이 남았고, 그게 자기도 모르게 오키나와로 바뀌었을 겁니다. 그 식감이 기억나시죠?"

"……이게 오키나와의 정체였군."

이와쿠라가 류큐를 집어 들고 깊은 생각에 잠긴 표정을 지었다.

"이런 질문은 실례일지 모르지만, 야마다 씨는 왜 그 여관에서 고등어 초밥을 드셨습니까?"

조심스러운 말투로 나가레가 물었다.

"우리 집은 왜 그런지 늘 쓸쓸했어요. 아버지는 거의 집에 안 계셨고, 어머니도 낮에는 항상 바쁘셨죠. 그렇다 보니 가족의 온기라는 걸 느낀 경험이 거의 없어요. 하지만 여주인께서는 다정한 분이셨죠. 내가 집 앞에서 쓸쓸히 있으면, 놀러 오라며 늘 여관으로 불러주셨어요."

허공으로 먼 시선을 던진 이와쿠라의 눈동자가 반짝 빛났다.

"그분이 하루코 씨였군요."

"한 가지 생각이 났습니다. 하루코 씨는 내가 고등어 초밥을 먹을 때마다 물어봤어요. '맛있지?'라고. 난 맛있다고 대답했죠. 그런데 또다시 묻는 겁니다. '맛있지?'. 한 점씩 먹을 때마다 되풀이해 묻는 게 귀찮아서 나도 모르게 말대답을 하고 말았어요. 한 번 말했으면 됐잖아요, 뭐 그런 식으로. 그랬더니……."

"하루코 씨가 화내셨겠네요?"

고이시가 몸을 내밀며 물었다.

"'맛있다는 말은 몇 번을 해도 돼. 입은 닳는 게 아니야'라고 말씀하셨죠. 그때 얼굴은 정말 무서웠어요. 어머니나 아버지에게 야단맞은 적이 없어서 더더욱."

이와쿠라가 그 당시 기억이 떠오른 듯이 천장을 올려다보며 말을 이었다.

"'인간이란 뭐든 금세 익숙해져 버리는 존재야. 처음에는 맛있다고 생각해도 그게 점점 당연해진단다. 맨 처음의 감동을 잊어버리면 안 돼.' 분명 그런 얘기를 했던 것 같습니다. 이 고등어 초밥을 먹으니 많은 일들이 떠오르는군요."

이와쿠라가 사랑스러운 눈길로 고등어 초밥을 바라보았다.

"그 다이라 하루코 씨가 입버릇처럼 했던 말, 혹시 기억 나십니까? 고등어 초밥을 만드는 방법을 전수받았다는 분이 그러시는데, 하루코 씨가 매번 입에 담는 말이 있었다던데."

나가레가 끼어들며 물었다.

"글쎄요, 50년이나 지난 일이라……."

몇 번이나 고개를 갸웃거리는 이와쿠라의 안주머니에서 휴대전화 문자 수신을 알리는 소리가 울렸다.

"이런, 바쁘신 모양이군요. 고이시, 얼른 포장해드려라."

"알았어요. 오늘도 택시는 안 불러도 되죠?"

이와쿠라가 고개를 끄덕이는 모습을 확인한 후, 고이시가 황급히 주방으로 들어갔다.

"본의 아니게 자꾸 서두르기만 해서 죄송합니다."

"어쨌든 찾아낼 수 있어서 다행입니다. 이제야 안심이 되는군요."

나가레가 가슴을 쓸어내렸다.

"《요리춘추》 광고로 이곳을 알게 돼서 정말 다행입니다."

이와쿠라가 부드럽게 뺨을 풀었다.

"하지만 그 잡지에는 장소도 연락처도 없잖습니까. '가모가와 식당·가모가와 탐정사무소— 음식을 찾습니다'라고만 쓴 광고라서. 대부분의 손님들은 가모가와(鴨川, 교토 시에 흐르는 강) 주변인 줄 알고 찾아다니세요."

나가레가 씁쓸하게 웃었다.

"아예 간판까지 떼어버렸잖습니까."

이와쿠라가 미소를 지으며 나가레를 노려보았다.

"간판을 걸면 성가셔요. 이름은 잘 몰라도 인터넷에 무슨무슨 입소문 사이트라는 게 있잖습니까. 그런 곳에 이러쿵저러쿵 오르내리고 싶질 않아요. 단골손님만 와주셔도 되니까."

나가레가 무뚝뚝하게 말했다.

"미식가나 식도락가와 상관없이 식당을 계속하고 싶거든요."

고이시가 주방에서 말을 거들었다.

"그나저나 용케 찾으셨네요."

나가레가 이와쿠라의 눈을 바라보며 말했다.

"편집장인 다이도지 아카네 씨한테 들었습니다. 억지를 써서 캐냈다고 하는 게 맞는 표현일까요."

"아카네 씨랑 잘 아는 사이세요?"

"아뇨, 잘 아는 사이라고 할 정도는……."

이와쿠라가 시선을 피하며 말을 얼버무렸다.

"《요리춘추》를 읽으실 정도면 야마다 씨는 음식에 상당히 흥미가 많으시겠어요."

"매호 빠뜨리지 않고 읽는데, 늘 궁금했어요. '음식을 찾습니다'라는 말이."

이와쿠라가 쓸쓸한 미소를 머금었다.

"여기까지 오시려면, 그 광고 한 줄에 걸려드는 방법밖에 없겠죠."

나가레도 똑같이 웃었다.

"그렇다면 정보를 좀 더 주시면 좋을 텐데."

이와쿠라가 진지한 표정으로 말했다.

"사람의 인연이란 게 참 신기해서 만나야 할 사람은 반드시 만나게 돼 있습니다. 그것과 마찬가지로 인연이 있는 분은 여기까지 꼭 찾아오세요. 당신처럼."

나가레가 이와쿠라의 눈을 똑바로 쳐다보았다.

"인연이 없으면 여기까지 올 수 없다……."

이와쿠라가 감개무량한 듯이 말했다.

"가끔 편집부로 문의가 오는 모양이에요. 그래도 아카네 씨가 자세한 답변은 안 해줄 게 뻔하지만."

나가레가 이와쿠라의 분위기를 살피며 말했다.

"보나마나 '음식'에 대한 저의 집념에 무릎을 꿇었겠죠. 어쨌거나 50년이나 간직한 마음이니까. 지난주에 마침 휴가를 낼 수 있었던 건 정말 운이 좋았어요."

"그렇게까지 그 '음식'이 마음속에 남아 있었나요?"

나가레 역시 감개무량한 듯이 말했다.

"저도 한때는 나가레 씨처럼 요리사를 꿈꿨던 시기도 있었어요. 다른 사람을 행복하게 해주는 요리를 만들고 싶어서. 하지만 아버지가 허락할 리가 없었죠."

이와쿠라가 자조하는 듯한 표정으로 대답했다.

"요리사만 다른 사람을 행복하게 하는 건 아니죠."

나가레가 단호하게 잘라 말했다.

"그 말씀이 옳아요. 지금 일을 선택한 건 다른 사람을 행복하게 할 수 있다고 믿었기 때문입니다."

"그럼, 잘됐네요."

"하지만 제 일은 당신처럼 맛있는 것만 내놓을 순 없어요. 때로는 맛이 없다는 걸 알면서도 내놓을 수밖에 없는 경우도 있죠."

"좋은 약은 입에 쓰다는 뜻인가요?"

"그렇죠. 하지만 저는 늘 먹여주는 쪽의 생각만 앞섰어요. 건강을 생각한다면, 때로는 맛없는 것도 먹어야 합니다. 참고 드세요. 그런 소리만 하고, 먹는 쪽의 기분은 생각해보지 않았죠. 그래서 이번에는 정말로 맛있는 음식을 먹는 게 사람에게 얼마나 중요한 일인지, 그걸 확인하고 싶어서……."

"옛날에 드셨던 고등어 초밥을 찾으신 건가요?"

나가레의 질문에 이와쿠라가 고개를 꾸벅 끄덕였다.

"덕분에 이걸로 마음이 움직였습니다. 너무 조급하게 서둘러서 죄송하지만, 그럭저럭 시간은 맞을 것 같군요."

"천만다행입니다. '손님에게는 맛있는 음식을 대접한다. 맛없는 음식이 있으면, 그것은 내가 먹는다.' 저희는 줄곧 그런 자세로 일해 왔습니다."

나가레가 이와쿠라의 눈을 똑바로 쳐다보며 말했다.

"오래 기다리셨습니다."

고이시가 종이봉투를 들고 나오자, 이와쿠라가 자리에서 천천히 일어섰다.

"요금은 얼마나 드리면 될까요?"

이와쿠라가 지갑을 꺼냈다.

"탐정 수고비는 손님이 정해주시는 대로 받아요. 얼마든 상관없습니다. 타당하다고 여기시는 금액을 여기로 송금해주세요."

고이시가 송금 계좌번호를 적은 메모지를 건네주었다.

"알겠습니다. 돌아가면 바로 처리하겠습니다. 특급 요금을 보태서."

이와쿠라가 메모지를 지갑 사이에 넣었다.

"조심하세요."

나가레가 이와쿠라를 배웅했다.

"고마웠습니다."

식당 밖으로 나가 자세를 바로잡은 이와쿠라가 고개를 깊이 숙였다.

"도움이 되었다니 다행이에요."

나가레 옆에 선 고이시가 미소를 건넸다.

"자 그럼, 이만 실례하겠습니다."

이와쿠라가 내딛은 걸음을 세 발자국 만에 멈춰 서더니 몸을 획 돌리며 돌아섰다.

"기억났습니다. 하루코 씨가 입버릇처럼 했던 말. '초심을 잊지 말자'였죠?"

"정답입니다."

나가레가 머리 위로 양팔을 둥그렇게 마주 잡으며 말했다.

이와쿠라가 가볍게 인사를 하고, 다시 걸음을 내디뎠다. 그 옆으로 검은색 세단이 스쳐 지나갔다.

"야마다 씨."

나가레가 큰 목소리로 부르자, 이와쿠라가 등을 움찔하며 돌아보았다.

"잘 부탁드립니다."

살짝 머리를 숙이는 나가레에게 이와쿠라가 웃는 얼굴로 고개를 끄덕이며 발걸음을 돌렸다.

"야마다 씨, 기쁘신 것 같지? 이게 다 아빠 덕분이야."

나가레 쪽으로 돌아선 고이시가 고개를 꾸벅 숙이자, 낮잠이 소리를 내며 울었다.

"고작해야 고등어 초밥, 그래도 고등어 초밥. 초밥 한 점이 나라를 움직일지도 모르지."

나가레가 나지막이 중얼거렸다.

"나라를? 에이, 또 거창한 소리한다. 너무 오버하지 말랬지!"

고이시가 나가레의 등을 손바닥으로 때렸다.

"뭐, 아무럼 어떠냐. 송금이나 기대해보자. 자 그럼, 우리도 고등어 초밥 삼매경에 빠져볼까."

"아 참. 아빠한테 물어보려고 했는데, 고등어 초밥을 일곱 줄이나 만들어 놓고, 왜 오른쪽에서 두 번째 줄을 내오라고 했어?"

"식초 양이나 고등어 살, 초절임 정도를 조금씩 다르게 해서 일곱 줄을 만들어 봤는데, 오른쪽에서 두 번째 줄이 제일 맛있었어. 인간이란 존재는 옛날 맛이 그리우니 어쩌니 해도 결국은 맛이 없으면 만족하지 못하는 법이야. 맛있는 걸 먹어야만 '아아, 그때랑 똑같은 맛이다'라고 여기게 마련이지."

"아빠, 그 말인즉슨 맛이 별로 없는 고등어 초밥만 우리가 오늘 저녁으로 먹어야 한다는 뜻이네."

"단순한 비교론일 뿐이야. 그런대로 다 맛있게 됐어. 아 참, 도사에 갔을 때 사온 맛있는 술이 있었지. '스이게이'와 '미나미'라는 술이야. 아주 맛있나 보더라."

"잘됐네. 낮술 좋아하는데. 그런데 두 병이라……. 둘이 다 마실 수 있을까?"

고이시가 눈을 살짝 치뜨며 나가레를 쳐다보았다.

"히로 씨를 부르면, 모둠회 정도는 갖고 올걸."

"네가 그걸 어떻게 알아?"

"당연히 알지. 이래봬도 이 몸은 탐정이란 말씀! 히로 씨 가게도 오늘이 정기휴일이라는 정도는 확실히 알지."

"과연 명탐정이군."

고이시가 또다시 나가레의 등을 내리쳤다.

"네 생각쯤은 훤히 다 읽혀."

"그러니까 우리가 이렇게 엄청난 술꾼이 됐지."

"그만 조잘거리고 얼른 준비나 해. 엄마가 기다리다 지쳤 겠다."

나가레가 불단으로 시선을 돌렸다.

네 번째 접시

돈가스

◇◇◇◇◇◇◇◇◇◇◇◇◇◇◇◇◇◇◇◇◇◇◇◇◇◇◇◇◇◇

남편과의 사랑을 찾아드립니다

냉기가 뼛속까지 스며드는 긴긴 겨울이 지나고, 드디어 교토의 거리에도 봄다운 기운이 찾아들었다.

히가시혼간지를 등지고 드넓은 가라스마 거리를 건너 쇼우멘 거리에 이르렀다. 좁은 길목을 오가는 사람들의 옷차림에서도 옅은 파란색이나 레몬옐로, 핑크색 등등 봄의 빛깔들이 속속 눈에 띄었다.

동쪽을 향해 걸어가는 히로세 스야코는 차콜그레이 원피스에 검은 재킷을 걸친 수수한 차림새였다.

미리 꼼꼼하게 조사했으니, 눈앞에 보이는 폐업한 상가 건물이 목적지인 그 식당이 분명할 테지만, 왠지 확신이 서지 않았다. 포럼은커녕 간판조차 보이질 않으니까.

알루미늄 미닫이문 옆에 조그만 창문이 있는데, 거기에서 흘러나오는 담소는 일반 살림집 같지는 않았다. 백화점 지하 식품매장에서 떠다니는 냄새도 풍겼다.

"잘 먹었습니다."

기세 좋게 미닫이문이 열리고 하얀 블루종을 입은 젊은 남자가 나오더니, 식당 앞에 누워 있는 얼룩고양이에게 다가갔다.

"실례합니다. 여기가 '가모가와 식당' 맞죠?"

스야코가 고양이의 머리를 쓰다듬는 남자에게 물었다.

"아마 그럴걸요. 가모가와 부녀가 하는 식당이니까."

스야코는 남자에게 살짝 고개를 숙인 후, 미닫이문을 살며시 열었다.

"식사하시게요?"

가모가와 나가레가 수건에 손을 닦으며 주방에서 나왔다.

"'음식'을 찾고 싶어서 왔는데요."

"아 네, 탐정 쪽이면 제 딸 담당입니다."

무뚝뚝하게 대답한 나가레가 고이시에게 얼굴을 돌렸다.

"실제로 찾는 사람은 우리 아빠지만……. 배는 안 고프세요?"

시계는 12시 반을 가리키고 있었다.

"어떤 요리가 있나요? 잘 못 먹는 음식이 많아서."

스야코가 카운터에 있는 국물이 조금 남은 라면사발을 힐끗 쳐다보았다.

"처음 오신 분에게는 주방장이 추천하는 오늘의 요리를 드립니다. 무슨 알레르기라도 있습니까?"

나가레가 말을 이어받았다.

"그런 건 아니고, 고기나 기름진 음식을 잘 못 먹어서요."

스야코가 식당 안을 둘러보며 대답했다.

"가벼운 식사라도 괜찮으시면, 바로 준비할 수 있습니다."

"소식하는 편이니 그렇게 해주시면 고맙죠."

스야코가 마음이 놓인 듯한 표정을 지었다.

"마침 오늘 밤에 정통 일식 코스요리를 드시러 오는 손님이 계세요. 지금 막 준비를 마친 참이니 그중에서 적당히 골라오겠습니다."

나가레가 잰걸음으로 주방으로 돌아갔다.

"편하게 앉으세요."

고이시가 빨간 시트가 깔린 파이프 의자를 빼주었다.

"간판도 없고, 메뉴도 없고. 희한한 식당이네요."

스야코가 새삼스레 다시 식당 안을 빙그르 둘러보았다.

"용케 잘 찾아오셨어요."

고이시가 스야코 앞에 찻잔을 내려놓았다.

"《요리춘추》광고를 보고."

"그 광고 한 줄만 보고요?"

고이시가 차를 따르던 주전자를 멈췄다.

"연락처도 없고, 편집부에 문의를 해도 매번 자세히 가르쳐줄 순 없다는 대답뿐이고…… . 그럼 왜 광고를 냈냐고 따져도 도무지 결론이 안 나는 거예요. 그래서 소문에 기대서 간신히 찾아왔어요."

스야코가 천천히 찻잔을 비웠다.

"죄송해요. 손님들이 그런 말씀을 자주 하시는데, 우리 아빠가 워낙에 고집이 세거든요. 단 한 줄뿐이라도 인연이 있으면 반드시 찾아오게 돼 있다나. 맨날 그 소리만 해요."

고이시가 곁눈질로 주방을 쳐다보았다.

"오래 기다리셨습니다. 부담 없이 드시라고 다 작은 접시에 내왔습니다."

요리를 가져온 나가레가 둥근 쟁반에 담긴 작은 접시들을 스야코 앞에 늘어놓았다.

"요리가 앙증맞아 보이네요."

스야코가 눈을 반짝이며 말했다.

"왼쪽 위부터 미야지마 굴 산초찜, 아와부(글루텐에 좁쌀을 섞어서 노랗게 쪄낸 음식) 머위꽃대 된장 산적, 고사리와 죽순조림, 모로코(잉어과의 담수어) 숯불구이, 교토 토종닭 가슴살은 고추냉이 무침이고, 와카사의 고등어 초회는 순무절임으로 쌌습니다. 오른쪽 아래 있는 그릇은 대합찜인데 갈분을 넣어서 걸쭉하게 만들었어요. 겨울의 끝자락과 봄을 코앞에 둔 분위기를 내달라고 요청하셔서 이런 요리를 만들어봤죠. 오늘 밥을 지은 쌀은 단바에서 생산하는 고시히카리(일본의 쌀 품종)입니다. 천천히 많이 드세요."

나가레가 둥근 쟁반을 옆구리에 끼고, 늘어놓은 요리들을 차례대로 훑어가며 설명했다.

"어머나, 뭐 먼저 먹어야 할까?"

스야코가 눈을 휘둥그레 뜨며 젓가락을 집어 들었다.

"찻주전자는 옆에 둘 테니, 부족하시면 언제든 말씀하세요."

고이시가 나가레와 어깨를 나란히 하고 살며시 주방으로 물러났다.

스야코가 맨 처음 젓가락을 댄 것은 모로코였다. 그야말로 봄기운이 물씬 풍기는 요리에 시선이 사로잡혀 버렸기 때문이다. 타원형으로 생긴 아담한 접시에 조그만 모로코 두 마리가 보기 좋게 담겨 있었다. 스야코는 헤어진 남편, 오카에 덴지로와 3년 전에 교토의 고급 요리를 먹었던 기억을 떠올렸다.

덴지로는 그때 환하게 웃으며 모로코는 교토의 봄을 알리는 풍물시나 다름없으며, 비와 호(시가 현 중앙에 있는 일본에서 가장 큰 호수)에서 잡히는 작은 물고기라고 알려주었다. 스야코는 그 말을 듣고 덴지로가 이젠 완전히 간사이(關西, 교토 부, 오사카 부를 중심으로 한 일본 서쪽 지역) 사람이 되었구나 생각했다.

초간장에 찍어서 눈 깜짝할 새에 모로코 두 마리를 먹어치운 스야코가 이번에는 순무절임으로 싼 고등어 살을 입안에 넣었다. 고등어 초밥은 몇 번인가 먹어봤다. 고향인 야마구치에서도 단골로 다니는 일품 요릿집에서 가끔 세키사바(호요 해협에서 잡히는 명품 고등어) 보즈시가 마무리 요리로 나오곤 했다. 그러나 채소절임과 같이 먹어보는 건 처음이었다. 단맛이 나는 순무절임과 고등어 초회의 신맛이 혀 위에서 어우러졌다.

칠기로 된 사발 뚜껑의 그림은 싹이 갓 트는 버드나무였다. 계절을 상징하는 뚜껑을 열자, 김이 피어오르며 대합과 향미를 돋우려고 띄운 유자 향기가 뿜어 나왔다. 국물을 한 모금 마신 스야코가 나지막이 숨을 내쉬었다.

"입맛에 맞으십니까?"

나가레가 주방에서 나오며 물었다.

"아주 맛있어요. 촌사람한테는 과분한 맛이에요."

스야코가 레이스 손수건으로 입가를 닦았다.

"어디서 오셨는데요?"

"야마구치에서 왔어요."

"먼 길 오시느라 고생하셨겠네요. 식사가 끝나면 바로 안내해 드리겠습니다."

나가레가 빈 접시를 치웠다.

나가레의 모습이 사라진 것을 확인한 스야코는 굴 산초찜을 밥 위에 얹고, 차를 부어서 기세 좋게 입으로 그러넣었다. 닭 가슴살 고추냉이 무침을 입가심 삼아 밥알 한 톨 안 남기고 싹싹 먹어치웠다.

"밥 좀 더 드릴까요?"

주방에서 나온 나가레가 둥근 쟁반을 내밀었다.

"아뇨, 충분해요. 품위 없게 먹어서 죄송해요."

찻물에 말아 먹은 걸 눈치챘나 싶어서 스야코가 얼굴을 붉히며 대답했다.

"먹는 방법에 품위가 있고 없고가 있나요. 자기 좋을 대로 먹는 게 제일이죠."

나가레가 그릇을 치우고 탁자를 닦으며 말했다.

"잘 먹었습니다."

젓가락을 내려놓은 스야코가 두 손을 모아 쥐었다.

"이제 그만 안으로 안내해 드릴까요?"

적당한 때를 살피던 고이시가 물었다.

고이시가 카운터 옆에 있는 문을 열고 앞장서서 복도를 걸었다. 스야코는 조금 뒤에서 그녀를 따라갔다.

"여기 있는 사진들은?"

스야코가 복도 한가운데쯤에 멈춰 서며 물었다.

"전부 아빠가 만든 요리예요. 일식, 양식, 중식, 뭐든 다 만들어요."

복도 양쪽에 빽빽하게 붙은 사진들을 가리키며 고이시가 자랑스러운 듯이 가슴을 폈다.

"뭐든 다 만든다는 건 전문 요리가 없다는 뜻이네."

"뭐, 그렇게 말할 수도 있겠지만."

고이시가 불만스러운 듯이 뺨을 불룩 내밀었다.

"이것도 직접 만드셨나요?"

스야코가 놀랍다는 듯이 사진 몇 장을 번갈아가며 보았다.

"포목점 사장님에게 부탁받고 복어 코스요리를 대접했을 때예요. 큰 접시에 담긴 음식이 복어회, 화로 위에 있는 건 복어구이, 뚝배기는 복어전골을 먹고 나서 끓인 죽이고요. 아빠는 복어 조리사 자격증도 있거든요."

고이시가 가슴을 펴며 말했다.

"평범한 식당인 줄 알았는데. 가게랑 요리가 조금 어울리질 않네요."

스야코가 가볍게 미소를 지으며 식당을 돌아보았다.

"복어 좋아하세요?"

다시 걸음을 내디딘 고이시가 언짢은 투로 물었다.

"태어난 곳이 야마구치라 복어는 어릴 때부터 무척 좋아했죠."

스야코가 시원스럽게 대답했다.

"저 같은 경우는 복어를 처음 먹어본 게 대학 입학식 날이었다니까요."

고이시가 뒤를 돌아보며 말했다.

"우리는 아버지가 대학 학장이라서 선물 들어온 게 많았어요."

"아하, 그러시군요."

거들먹거리는 말이 계속되는 느낌을 받은 고이시는 자기도 모르게 뚱한 표정으로 큰 소리를 내며 문을 열어젖혔다.

"이쪽으로 들어오세요."

"실례합니다."

고이시의 표정 따윈 전혀 개의치 않는다는 듯이 스야코가 아무렇지 않게 소파에 앉았다.

"여기에 기입해 주시겠어요?"

평소와는 달리 고이시가 지극히 사무적인 말투로 서류철을 내밀었다.

고이시는 찻잔에 차를 따르며 스야코의 분위기를 곁눈질로 살폈다. 스야코는 쓱쓱 글씨를 써내려갔다.

"이거면 될까요?"

"히로세 스야코 씨. 쉰 살로는 안 보이는데. 동안이시네요. 자, 그건 그렇고, 어떤 '음식'을 찾으시죠?"

고이시가 무뚝뚝하게 물었다.

"돈가스요."

스야코가 고이시를 똑바로 쳐다보며 말했다.

"아까는 고기나 기름진 음식은 잘 못 드신다고 했는데, 그게 아닌가요?"

뜻밖의 대답에 고이시가 되받아치듯 물었다.

"내가 먹고 싶은 게 아니에요. 어떤 사람에게 해주고 싶은 거지."

스야코가 호소하는 듯한 눈길을 던졌다.

"어떤 돈가스죠?"

고이시가 물었다.

"그걸 모르니까 찾아달라고 부탁하죠."

"뭐, 그야 그럴 테지만……. 좀 더 자세하게 얘기해주실 수 없나요?"

고이시가 얼굴을 찡그리며 말했다.

"어디까지 얘기를 해야 할지……."

스야코는 망설여지는지 입가를 일그러뜨렸다.

"마음이 허락하는 범위에서."

"데마치야나기라는 역을 알아요?"

"교토에 사는 사람이면 모르는 사람이 없을 텐데요."

고이시가 뺨을 부풀리며 말했다.

"그 역 바로 옆에 절이 있는데."

"절이…… 있었나?"

고이시가 하품을 애써 참으며 고개를 갸웃거렸다.

"그럼, 그 옆에 '가쓰덴'이라는 돈가스 식당이 있었던 것도 모르겠네요?"

스야코의 질문에 고이시가 말없이 고개를 끄덕였다.

"그 식당의 돈가스를 찾아줬으면 해요."

"그 식당이 지금은 없는 거죠?"

이번에는 스야코가 똑같이 고개를 위아래로 끄덕였다.

"대략 언제까지 있었어요?"

"3년 반쯤 전에 식당을 닫았나 봐요."

스야코가 살짝 침울한 표정을 지었다.

"그렇게 오래된 얘기는 아니네요. 그럼, 어떻게든 찾을 순 있을 거예요. '가쓰덴'이라고 하셨죠?"

고이시가 공책에 받아 적었다.

"나도 그럴 거라 생각하고 인터넷으로 검색해봤어요. 그런데 정보가 거의 없어요."

스야코의 얼굴에 그늘이 드리워졌다.

"3년 반쯤 전이면, 입소문 사이트나 미식가 블로거가 올린 글이 있을 것 같은데."

"여기처럼 실제로 영업을 해도 정보가 전혀 안 올라오는 식당도 있잖아요."

스야코의 말에 고이시의 표정이 부드럽게 풀렸다.

"하긴 그러네요. 우리 아빠도 이상한 평판에 휘둘리는 걸 싫어해요. 아무리 거절해도 입소문 사이트에 자꾸 글이 올라가서 간판을 떼고 폐업한 걸로 했어요."

"남편도 같은 생각이었던 것 같아요. 그래도 그 사람은 최소한 간판과 포렴은 걸어놨지만요."

스야코가 시원스럽게 말했다.

"'가쓰덴'이 손님의 남편 분이 하신 식당이었어요?"

눈이 휘둥그레진 고이시가 낮은 탁자 위로 몸을 내밀었다.

"네. 정확히 말하면, 전남편이지만."

스야코가 살며시 고개를 끄덕였다.

"그럼, 그 전남편 분에게 물어보면 될 텐데."

고이시가 다시 뺨을 뚱하게 내밀며 말했다.

"그게 가능하면 왜 여기까지 와서 부탁을 하겠어요. 돈가스를 만들어서 먹여주고 싶은 사람이 바로 그 남편이에요."

스야코가 고개를 숙인 채로 말했다.

"이해가 잘 안 돼요. 대체 무슨 사연이 있는 거죠?"

고이시가 조바심이 난 듯이 펜 끝을 돌렸다.

"야마구치에서 '후구덴'이라는 복어요리 전문점을 개업한 사람과 25년 전에 결혼했어요. 아버지는 물론 모든 가족들의 맹렬한 반대를 무릅쓰고."

스야코가 한숨을 돌리듯 찻잔으로 손을 뻗었다.

"대학 학장님이시니까. 그런데 복어요릿집을 하셨던 분이 왜 교토에서 돈가스 식당을 내셨죠?"

고이시가 얼굴을 들었다.

"식당에서 복어 중독 사건이 일어났기 때문이에요."

스야코가 천천히 차를 마셨다.

"복어 중독이라면 생명이 달린 문제잖아요."

고이시가 얼굴을 찡그렸다.

"한 사람이 죽는 바람에……."

"세상에…… 안타까워라."

고이시의 목소리가 기어들어 갔다.

"저의 사촌동생이었어요. 어릴 때부터 고집이 세서 한 번 말을 뱉으면 절대 물러나지 않는 사람이었죠. 자기가 잡은 복어를 들고 와서 식당 종업원에게 억지로 요리를 시켜서 먹은 거예요. 남편은 마침 조합 모임이 있어서 보조주방장이었던 마스다 씨에게 식당을 맡기고 막 나간 참이었는데, 어처구니없는 일이 벌어지고 말았죠."

스야코가 입술을 깨물었다.

"사장님의 친척이라 거절하기 힘들었겠죠."

고이시가 안타까워했다.

"마스다 씨가 몇 번이나 거절했지만, 마지막에는 거의 협박에 가깝게……."

"그럼, 식당은 어떻게 됐죠?"

"좁은 지역이라 온갖 소문이 퍼져서 식당을 닫을 수밖에 없었어요. 그걸로 끝이면 다행인데……."

스야코의 표정이 어두워졌다.

"보상 문제 같은 건가요?"

고이시가 공책 페이지를 넘기며 물었다.

"사촌동생 집은 무역업으로 재력을 쌓은 명문가라 금전적으로 이래라저래라 하는 얘기는 없었지만……. 친척 관계가 껄끄러워져서 남편 쪽에서 먼저 이혼하고 싶다는 말을 꺼냈어요."

스야코가 시선을 내리깔았다.

"사촌동생 분이 자기 손으로 들고 와서 억지를 부렸으니까 남편 분에게는 책임이 없잖아요?"

고이시가 살짝 분개하며 말했다.

"오카에 씨는 남들보다 훨씬 책임감이 강한 사람이라……."

"헤어진 남편 분이 오카에 씨군요."

고이시가 펜으로 글씨를 써내려갔다.

"오카에 덴지로예요."

스야코가 공책을 들여다봤다.

"하지만 굳이 헤어질 필요까진 없잖아요. 사모님이랑 같이 야마구치를 떠나면 끝날 일인데."

고이시가 불만스러운 듯이 입을 내밀었다.

"내 입으로 말하긴 뭣하지만, 히로세 가문은 야마구치에서는 좀 특별한 존재라 무엇보다 명예를 중시하는 가문이에요. 게다가 저에게는 피아노 선생이라는 일도 있어서……."

스야코가 등을 곧게 폈다.

"부인이 피아노 선생님이세요?"

"유치원 아이부터 콩쿠르에 출전하는 음대생까지, 많을 때는 학생이 100명도 넘을 때가 있었어요."

"그래서 이혼한 후에도 부인께서는 야마구치에 남고, 남편 분은 교토로 와서 돈가스 식당을 시작하셨군요."

"이혼하고 처음 2년 동안은 요리를 완전히 접고 간토 지방을 전전했던 것 같고, 교토에 온 것은 그 후인 것 같아요."

스야코가 담담하게 얘기를 이어나갔다.

"그럼, 교토에 온 게…… 20년쯤 전인가?"

고이시가 양쪽 손가락을 헤아리며 말을 이었다.

"왜 하필 돈가스 식당이었을까요?"

"그걸 잘 모르겠어요. 딱 한 번, 식당 종업원들이 먹을 요리로 돈가스를 만들었다면서 남편이 집에 가져온 적이 있었어요. 이따금 그런 요리를 갖고 올 때가 있었거든요."

기억을 더듬듯이 스야코가 몇 번이나 고개를 갸웃거렸다.

"종업원용으로 만든 요리가 맛있잖아요. 우리도 늘 그래요."

고이시가 스야코에게 미소를 건넸다.

"그런가요? 난 왠지 남은 음식을 먹는 기분이던데."

스야코가 눈썹을 팔자 모양으로 늘어뜨리며 말했다.

"그럼, 왜 이제 와서 헤어진 남편 분이 운영하셨던 식당의 돈가스를 찾으시죠? 그리고 그걸 왜 전남편 분에게 물어볼 수가 없죠? 만들어주고 싶은 이유는 뭐고? 전 이해할 수 없는 게 너무 많은데."

고이시가 눈을 치켜뜨며 스야코를 쳐다보았다.

"내 생일인 10월 25일에는 그 사람이 해마다 형식적으로나마 선물을 보내줬는데, 작년에는 아무것도 오질 않았어요. 은근히 걱정이 돼서 연락을 해봤죠. 그랬더니 히가시야마의 일본적십자병원에 입원해 있다는 거예요. 해가 바뀌자마자 바로 병실로 찾아갔더니 그렇게 덩치가 컸던 사람이 옛 모습은 찾아볼 수 없을 정도로 바짝 야위었더군요."

스야코가 어휘를 골라 가며 조심스럽게 말했다.

"심각한 병이었군요."

고이시가 펜을 쥔 손을 멈추고 낮은 목소리로 말했다.

"의사선생님께 여쭤봤더니 잘 버텨야 석 달일 거라고."

"석 달이면 시간이 거의 없잖아요."

고이시가 벽에 걸린 달력을 곁눈으로 확인하면서 소리를

높였다.

"간호사님이 매일같이 '가쓰덴'의 돈가스 얘기만 한대서 어떤 돈가스였냐고 본인에게 물어봤는데, 나한테는 도무지 얘길 안 해줘요. 그러던 중에 우연히 《요리춘추》의 광고를 봤어요."

얘기를 끝낸 스야코가 땅이 꺼져라 한숨을 내쉬었다.

"어떤 돈가스였는지 간호사님에게도 얘기하지 않았대요?"

고이시가 눈을 치켜뜨며 스야코를 바라보았다.

"그다지 자세히는. 간호사님 얘기로는 남편이 돈가스 얘기를 한 날 밤에는 예외 없이 5밀리미터니 3밀리미터니 하는 잠꼬대를 했대요. 그런데 저는 무슨 소리인지 통 모르겠어요."

스야코가 고개를 두세 번 가로저었다.

"5밀리미터, 3밀리미터란 말이죠. 짐작조차 안 가네. 아무튼 얘기는 잘 들었습니다. 우리 아빠라면 틀림없이 찾아낼 수 있을 거예요. 서둘러서 찾으라고 할게요."

고이시가 공책을 덮고 자리에서 일어섰다.

"잘 부탁드립니다."

스야코도 일어서서 허리를 굽혔다.

"말씀은 잘 들었니?"

두 사람이 식당으로 돌아오자, 나가레가 읽고 있던 신문을 접었다.

"아주 급한 일이야, 아빠. 최대한 빨리 돈가스를 찾아줘."

고이시가 소리를 높였다.

"뭔 소리야, 아닌 밤중에 홍두깨처럼."

"'가쓰덴'이라는 돈가스 식당, 알지?"

"'가쓰덴'? 들어본 것 같기도 하고, 아닌 것 같기도 하고."

나가레가 고개를 갸웃거렸다.

"무슨 대답이 그렇게 애매해."

고이시가 뿌루퉁한 표정을 지었다.

"잘 들어라, 고이시. 얘기란 건 상대가 제대로 알아들을 수 있게 차분하게 전달해야 해. 늘 말했잖아."

나가레의 말에 마음을 진정시켰는지, 고이시가 스야코에게 의자를 권하고 자기도 그 옆에 앉았다.

"피치 못할 사정이 있어서 스야코 씨가 남편이랑 헤어졌는데, 그 남편 분이 심각한 병에 걸리셨대."

고이시가 이야기의 개요를 순서대로 나가레에게 전해주었다.

나가레는 얘기에 집중하면서도 이따금 고개를 갸웃거리

거나 끄덕거렸고, 선반에서 교토 시내 지도를 꺼내왔다.

"그 '가쓰덴' 돈가스가 이제야 기억이 났어. 10년도 더 된 것 같은데, 몇 번인가 먹으러 간 적이 있었지. 분명 데마치야나기 역 바로 옆에 있는 '초토쿠지'라는 절 뒤편에 있었는데. 조그만 식당이었고, 덩치가 큰 주인이 혼자서 묵묵히 돈가스를 튀기곤 했지."

나가레가 지도를 펼치며 말했다.

"맞아요. 절 바로 옆에 있었던 모양이에요. 그렇게 덩치가 좋았던 남편이 지금은……."

핸드백에서 수첩을 꺼낸 스야코가 그 사이에 끼워둔 사진을 나가레에게 보여주었다.

"그 당시 모습이 남아 있는 것 같긴 한데. 워낙에 덩치가 컸다는 인상이 강해서."

나가레가 사진을 물끄러미 바라보았다.

병원의 큰 병실일까. 창가 침대에서 몸을 반쯤 일으킨 바짝 마른 남자가 오카에 텐지로라고 스야코가 말했다.

"그건 그렇고, 손가락이 아주 아름다우시군요."

사진을 쥐고 있는 스야코의 손에 나가레의 시선이 멈췄다.

"스야코 씨는 피아노 선생님이니 손가락이 아름다운 건 당연하지. 아니, 그보다 아빠, 시간이 너무 없다니까."

고이시가 나가레를 바라보며 눈빛으로 호소했다.

"……석 달이란 말이죠."

사진에서 시선을 떼지 않은 채, 나가레가 중얼거렸다.

"그나마 잘 버틴 건가 봐요."

스야코가 꺼져 들어가는 목소리로 말했다.

"알겠습니다. 2주일 정도 주시면 어떻게든 찾아낼 수 있을 것 같습니다. 다다음주 오늘, 다시 한 번 와주실 수 있을까요?"

"2주일이나? 좀 더 빨리 안 될까?"

고이시가 새된 목소리로 조바심을 냈다.

"'가쓰덴'의 돈가스를 찾아내서 재현하려면 최소한 2주일은 필요해."

나가레가 단호하게 말하자, 스야코가 자리에서 일어서 고개를 깊이 숙였다.

식당에서 나온 스야코의 발밑에 달라붙은 낮잠이 그 곁을 떠날 줄을 몰랐다.

"얘, 낮잠. 얼른 저리 가."

고이시가 웅크려 앉으며 야단을 쳤다.

"괜찮아요. 우리 집에서도 고양이를 키우니까."

스야코가 낮잠을 품에 안아서 고이시에게 건네주었다.

"이름이 뭐예요?"

"하농. 피아노 연습교본 제목이에요."

스야코가 오늘 처음 고이시에게 보여준 환한 미소였다.

"뼛속까지 피아노 선생님이시네요."

고이시가 웃는 얼굴로 말하자, 스야코가 서쪽을 향해 걸음을 내디뎠다. 그 뒷모습에 대고 인사를 하는 나가레와 고이시 옆에서 낮잠이 두어 번쯤 소리 내어 울었다.

"아빠를 과대평가했어."

"뭔 소리야?"

고이시가 메모한 공책을 들척이며 나가레가 물었다.

"그래요? 그럼, 사흘 만에 어떻게든 해봅시다! 아빠라면 틀림없이 그렇게 말할 줄 알았는데. 엄마 때 일, 잊었어?"

고이시가 날카로운 곁눈질로 나가레를 흘겨보았다.

"5밀리미터, 3밀리미터……."

나가레는 고이시의 말이 귀에 들어오지도 않는다는 듯이 공책만 들척였다.

"아빠, 내 얘기 듣는 거야?"

고이시가 나가레의 등을 내리치며 말했다.

"단순한 식중독만 생겨도 식당에 미치는 타격이 엄청난데, 사람이 죽었으면 당연히 안 되겠지."

"뭘 그리 혼자 중얼거려?"

고이시가 나가레를 흘겨보았다.

"나 말이다, 내일 야마구치에 좀 다녀오마. 모처럼 가는 길이니 유다온천에서 하룻밤 묵고 올게. 온천 만두 정도는 선물로 사다줄 테니 식당 잘 보고 있어."

나가레가 공책을 덮고 일어섰다.

"이왕 선물을 사다줄 거면 복어 냄비요리 세트 정도는 사와야지."

고이시가 뺨을 불룩 내밀며 말했다.

"그렇게 비싼 걸 어떻게 사."

이번에는 나가레가 고이시의 등을 내리쳤다.

사랑하는 사람의 칭찬, 돈가스

멀리 규슈에서 벚꽃 소식이 들려왔지만, 교토에서는 이제야 갓 봉오리가 맺히기 시작했다. 개화 예상 시기는 예년과 같아서 꽃놀이 제철은 보름쯤 더 기다려야 한다.

그런데도 한 발 앞서 교토의 봄을 느껴보고 싶은지 히가시혼간지 주변에는 많은 관광객이 몰려들었다. 천금의 값어치가 있다고 일컬어지는 봄날 저녁이 바로 코앞까지 다가왔다.

쇼우멘 거리와 가라스마 거리가 엇갈리는 교차로에는 수많은 차가 오갔다. 신호를 기다리는 스야코는 벚꽃 빛깔 원피스에 얇고 하얀 카디건을 걸치고 있었다. 2주일 전과 비교하면 옷차림뿐만 아니라 표정도 많이 밝았다.

신호가 파란색으로 바뀌자, 스야코는 동쪽을 향해 크게 한 걸음을 내디뎠다.

"안녕? 이름이 낮잠이었지?"

식당 앞까지 온 스야코가 웅크려 앉으며 누워 있는 낮잠의 머리를 쓰다듬었다.

'야옹' 하며 어리광을 부린 낮잠이 스야코의 무릎 위로 폴짝 뛰어올랐다.

"안 돼, 낮잠! 얼른 내려와. 옷 더러워지잖아."

기척을 알아채고 고이시가 밖으로 나왔다.

"괜찮아요. 평상복이니까."

"남편 분은 좀 어떠세요?"

고이시가 조심스럽게 물었다.

"변화가 없네요."

스야코의 입가에 흐릿하긴 해도 미소가 어렸다.

"어서 오십시오."

식당으로 들어가자, 나가레가 기다리고 있었다.

"잘 부탁드립니다."

스야코가 고개를 숙였다.

"남편 분이 드실 몫은 따로 준비해뒀으니, 부인께서 먼저 드셔보시죠."

나가레가 의자를 빼주었다.

"고맙습니다."

스야코가 파이프 의자에 앉았다.

"드시기 전에 제가 한 가지 드릴 말씀이 있습니다. 부인의
남편이신 오카에 덴지로 씨가 왜 돈가스 식당을 하셨는지."

나가레가 진지한 표정으로 이야기를 시작했다. 스야코는
등줄기를 곧게 펴며 자세를 바로잡았다.

"'후구덴'에서 보조주방장을 맡았던 마스다 씨라는 분을
만나고 왔습니다. 이리저리 팔방으로 수소문을 해보니 마스
다 씨는 지금 하카타에 계시더군요. 속죄한 후에 덴진에서
작은 요릿집을 하고 있습니다. 알고 계셨습니까?"

"아뇨. 식당을 닫을 때 인사하러 왔었지만, 그 후로는 소식
을 전혀 몰라요."

스야코가 조금 놀란 듯이 눈을 크게 떴다.

"오카에 씨의 도움을 받아서 하카타에 작은 요릿집을 열
었던 겁니다. 지금도 성실하게 식당을 운영하고 있어요."

"우리 남편이 도움을……."

스야코의 목소리가 낮아졌다.

"오카에 씨가 그 후로는 일절 연락하지 말라고 한 모양이
니, 부인은 아마 전해 듣지 못하셨을 겁니다. 마스다 씨 역시

오카에 씨가 교토에서 돈가스 식당을 하신 건 모르고 계시더 군요."

나가레가 비좁은 골목 안쪽으로 포렴이 걸린 작은 일본요 릿집 사진을 보여주었다.

"일부러 하카타까지⋯⋯."

스야코가 살며시 고개를 숙였다.

"우리 아빠는 현장주의라니까요."

고이시가 흐뭇한 듯이 끼어들었다.

"마스다 씨는 '역시'라고 말하시더군요."

"역시?"

스야코가 소리를 높이며 물었다.

"'언젠가 돈가스 식당을 하고 싶다.' 오카에 씨가 마스다 씨에게 그렇게 말했다고 합니다. 물론 농담이겠지 했는데, 그런 생각을 갖게 된 계기는 부인의 칭찬 때문이었던 것 같 더군요."

"제가 칭찬을⋯⋯."

스야코가 놀란 표정을 지었다.

"흐음, 고이시. 이제 슬슬 내가 알려준 대로 만들어 오겠 니?"

고개를 끄덕인 고이시가 주방으로 향하자, 나가레가 자세를 바로잡았다.

"종업원용으로 만든 요리를 집에 가지고 가도 부인은 대개 아무 말이 없었어요. 맛있다는 말도, 맛없다는 말도 없이 늘 묵묵히 드셨다고. 그러나 돈가스를 가져갈 때만은 달랐다는군요. 기억 안 나십니까?"

나가레가 스야코를 똑바로 쳐다보았다.

"안타깝지만……."

스야코가 나지막한 목소리로 대답했다.

"'돈가스가 이렇게 맛있는 거였나?' 부인께서는 그렇게 말씀하셨다고 합니다. 그 얘기를 오카에 씨가 매우 흡족한 얼굴로 마스다 씨에게 들려주셨죠. 그것도 한두 번이 아니에요. 매번 마스다 씨에게 그 얘기를 하셨답니다. 고기나 기름진 음식을 잘 안 먹는 스야코 씨가 칭찬해줄 정도면 어디 내놔도 통할 거라며 자신만만해했답니다. 마스다 씨가 추억을 그리워하듯 그런 얘기를 들려주셨습니다."

"그랬군요."

스야코가 나지막이 한숨을 내쉬었다.

"손수 만든 돈가스를 부인이 기쁘게 먹어준 게 무척 기뻤던 모양이에요."

"저는 튀긴 음식을 즐겨 먹은 적도 없고, 하물며 집에서 튀김을 한 적도 없어요."

"오카에 씨는 뿌리부터 요리사였던 거죠. 복어요릿집을 닫았어도 결국은 다시 맛있는 음식으로 남들을 기쁘게 하는 일을 선택할 수밖에 없었을 겁니다."

나가레가 말했다.

"칭찬을 했던 당사자조차 기억을 못 하는데."

스야코가 탁자로 시선을 떨어뜨렸다.

"요리사는 맛있다며 기쁘게 먹어준 요리는 반드시 기억합니다."

나가레가 스야코의 눈을 바라보았다.

"이제 거의 다 튀겨졌는데."

주방에서 고이시가 얼굴을 내밀며 말했다.

"돈가스는 갓 튀겨냈을 때가 제일 맛이 좋죠. 바로 준비하겠습니다."

허둥지둥 일어선 나가레가 스야코 앞에 네모난 쟁반을 내려놓고, 젓가락과 작은 접시를 늘어놓았다.

"고맙습니다."

스야코가 자세를 바로잡고 앉았다.

"저의 기억만으로는 미덥지 않아서 오카에 씨를 잘 아는 분에게도 협조를 받았습니다. 거의 완벽하게 재현했다고 생

네 번째 접시 **173**
돈가스

각합니다."

나가레가 작은 접시 세 개에 소스를 따랐다.

"이건?"

스야코가 작은 접시 쪽으로 코를 가까이 댔다.

"'가쓰덴'에서는 세 가지 소스가 나왔어요. 오른쪽이 달콤한 소스, 가운데가 매콤한 소스, 그리고 왼쪽이 폰즈 소스(간장과 식초에 유자나 레몬을 곁들인 신맛과 짠맛이 어우러진 소스). 한입 크기의 돈가스가 여섯 조각으로 나뉘어 있어서 대부분의 손님은 각각의 소스에 두 개씩 찍어서 드셨답니다. 이 소스의 레시피는 나중에 다시 자세히 말씀드리죠."

"갓 튀겨낸 따끈따끈한 돈가스를 드셔보세요. 저녁식사로는 좀 이른 시간이라 밥은 같이 내오지 않았어요."

고이시가 둥그런 다치쿠이야키(효고 현 사사야마 시 부근에서 생산되는 도자기) 접시를 스야코 앞에 내려놓았다.

"굉장히 품위 있네요."

접시를 찬찬히 들여다본 스야코가 두 손을 모아 쥔 후, 젓가락을 들었다.

고이시와 나가레는 주방 입구로 물러나서 먹는 모습을 조용히 살펴보았다.

스야코가 맨 처음 한 조각을 폰즈 소스에 찍어서 입으로 가져갔다. 바삭바삭 소리를 내며 두세 번 씹자, 뺨이 환하게 풀어졌다.

"맛있다."

딱히 누구에게랄 것도 없이 저절로 입 밖으로 흘러나온 말이었다.

두 번째 조각은 가운데 있는 매콤한 소스에 찍었다. 입에 넣기 전에 코끝에 대고 향기를 맡은 후, 고개를 끄덕거리며 천천히 맛을 음미했다. 세 번째 조각은 달콤한 소스에 찍어 먹고, 다시 같은 순서를 되풀이했다. 채 썬 양배추 샐러드를 간간이 곁들이며 눈 깜짝할 새에 돈가스 여섯 조각을 깨끗이 먹어치웠다.

"잘 먹었습니다."

젓가락을 내려놓은 스야코가 고개를 숙이며 둥근 접시 앞에 두 손을 모아 쥐었다.

"남편 분이 만든 돈가스가 이런 맛이었죠?"

나가레가 스야코의 맞은편 자리에 앉으며 물었다.

"저랑 헤어진 후로 20년간, 남편은 줄곧 이 돈가스와 함께 살아온 거네요. 이렇게 담백한 맛과……."

스야코의 눈길은 여전히 접시를 향하고 있었다.

"돈가스도 그렇지만 소스 맛도 담백하죠. 부인이라면 숨은 비법의 조미료로 뭘 썼는지 바로 아셨을 텐데요."

"유자인가요?"

스야코가 얼굴을 살짝 들었다.

"맞습니다. 야마구치산 유자를 썼다는군요. 달콤한 소스
에는 유자를 조린 잼, 매콤한 소스에는 유자 후추(규슈 특산물.
파란 고추와 유자 껍질, 소금을 함께 갈아 만든 향신료), 폰즈 소스에는 유
자 진액을 넣었어요."

"고향의 맛을 잊지 않으셨네요."

옆에 서 있던 고이시가 끼어들었다.

"이 폰즈 소스는 복어회에 찍어먹는 소스랑 같은 듯한데,
돈가스에도 잘 맞네요."

스야코가 새끼손가락으로 폰즈 소스를 살짝 찍어서 맛을
보았다.

"아주 조금이지만, 마늘이 들어 있어요. 복어회는 파에 감
아서 내니까 그것과 같은 의미이지 싶은데요."

나가레가 실눈을 뜨며 말했다.

"어떻게 이 소스를 재현해내셨어요?"

스야코가 나가레를 똑바로 바라보며 물었다.

"마스다 씨에게 힌트를 얻었습니다. 종업원들끼리 먹었던
돈가스를 떠올려 달라고 부탁했죠. 평소 종업원용 음식은 주

인이 아니라 종업원이 만들었는데, 돈가스만은 오카에 씨가 손수 만드셨다고 합니다. 부인께 칭찬을 들은 후로는 매번 소스도 바꿨고."

나가레가 말했다.

"그래서 이런……."

스야코가 빈 다치쿠이야키 접시를 들고, 애정이 깃든 손길로 어루만졌다.

"조금 전에 드셔봐서 알겠지만, '가쓰덴'의 돈가스는 독특한 튀김옷을 입혔어요. 생빵가루인 것 같은데, 꼭 그렇지도 않은 듯한 감촉이 치아에 남죠. 다른 곳에는 없는 이 빵가루는 근처 빵집에서 조달해서 썼더군요."

나가레가 빵가루가 들어 있는 넓적한 접시를 내려놓았다.

"……."

스야코는 말없이 탁자에 접시를 두고, 빵가루의 감촉을 확인했다.

"'가쓰덴' 바로 옆에 '유일당'이라는 빵집이 있는데, 빵가루는 그 가게에서 특별주문했나 봅니다. 그곳 주인에게도 당시 '가쓰덴'의 돈가스에 관한 얘기를 들었습니다."

한숨을 돌리듯이 나가레가 차를 마셨다.

"촉촉하면서도 가루가 곱네요. 분명 생빵가루인 것 같은데 살짝 마른 느낌도 나요."

스야코의 손가락 사이로 빵가루가 스르륵 흘러내렸다.

"이 빵가루의 입자 굵기는 5밀리미터입니다. 그런데 오카
에 씨는 3밀리미터가 이상적이라고 봤죠. 그 이유는 부인이
맛있다고 칭찬한 게 3밀리미터였기 때문입니다. 입자가 고
운 쪽이 식감이 부드러우니까요. 하지만 그렇게 만들면 돈가
스를 좋아하는 사람들에게는 뭔가 부족한 느낌이 들죠. 빵집
주인과 늘 그런 얘기를 주고받았다고 합니다."

나가레가 손바닥에 빵가루를 올렸다.

"고작 2밀리미터 차이인데."

스야코가 서글픈 눈빛으로 빵가루를 만지작거렸다.

"아는 범위 내에서 레시피를 적어놨습니다. 빵가루는 3밀
리미터와 5밀리미터 양쪽 다 넣었고요. 돼지고기는 제 기억
에 의존했지만, 아마 기후 현의 '요로돈養老豚'이었을 겁니다.
튀김용 기름은 다이하쿠(太白, 상표명) 참기름과 네덜란드의 샐
러드유를 반반씩 섞어 쓴 것 같고."

나가레가 10여 장 정도 되는 리포트 용지를 투명 파일에
넣어서 스야코에게 건네주었다.

나가레의 말이 끝나는 것을 신호로 고이시가 종이봉투를
탁자에 내려놓았다.

"저는 남편 분이 바로 드시기에는 튀긴 돈가스가 나을 것 같은데, 아빠가 드시는 타이밍을 못 맞추면 안 된다고 해서 집에서 직접 튀기셔야겠어요. 괜히 번거롭게 만든 건 아닌지 모르겠네요. 튀김 기름과 소스도 다 넣었어요."

"세심하게 마음 써주셔서 감사합니다. 요금은 얼마나 드리면……."

스야코가 핸드백을 열었다.

"적당하다고 생각하시는 금액을 여기로 송금해주세요."

고이시가 계좌번호가 적힌 메모지를 스야코에게 건네주었다.

"정말 감사했어요. 남편도 분명 기뻐할 거예요."

스야코가 두 사람을 향해 깊숙이 고개를 숙였다.

"오랫동안 고생 많으셨습니다."

나가레가 스야코의 손을 잡으며 말했다.

"고맙습니다."

나가레의 손을 맞잡은 스야코가 몇 번이나 그 손에 힘을 넣었다.

고이시가 새끼손가락으로 눈가를 훔치며 미닫이문을 열자, 낮잠이 소리 내어 울었다.

"낮잠, 고마워. 또 올게."

스야코가 웅크려 앉으며 낮잠에게 말을 건넸다.

"남편 분이 이런 맛이 아니라고 화내시면 말씀하세요. 아빠한테 다시 한 번 만들라고 할게요."

촉촉하게 젖은 눈으로 고이시가 스야코에게 말했다.

"복어요리가 아니라, 처음부터 돈가스 식당을 했으면 좋았을걸."

스야코가 입술을 깨물었다.

"그럼, 아버님이 결혼을 승낙하지 않았겠죠."

나가레가 살며시 미소를 짓자, 스야코가 다시 한 번 고개를 깊이 숙이고, 서쪽을 향해 걸음을 내디뎠다.

"부인."

나가레가 부르는 소리에 스야코가 멈춰 서서 돌아보았다.

"손 데지 않게 조심해서 튀기세요."

스야코가 허리를 깊숙이 숙였다.

"스야코 씨의 남편 분이 저 맛으로 납득해주시면 좋을 텐데."

고이시가 탁자를 정리하며 말했다.

"그러게 말이다."

나가레가 무뚝뚝하게 맞장구를 쳤다.

"그나저나 아빠, 좀 더 일찍 만들 수도 있었잖아? 보나마나 스야코 씨는 매일같이 초조했을 텐데. 아빠, 잊어버렸어? 엄마 돌아가시는 날, 얼굴 못 봤던 거⋯⋯."

"고이시."

나가레가 고이시의 말을 가로막으며 의자에 앉았다.

"왜?"

고이시가 입을 삐죽 내밀며 맞은편 파이프 의자에 앉았다.

"돌아가신 분은 돈가스를 못 먹어."

나가레가 중얼거리듯 말했다.

"뭐? 언제 돌아가셨는데?"

고이시가 눈을 휘둥그레 떴다.

"언제 돌아가셨는지는 모르지. 하지만 지지난주에 부인이 여기 오셨을 때는 이미 돌아가신 후야."

나가레가 탁자에 시선을 떨어뜨린 채 말했다.

"그게 무슨 뜻이야?"

고이시가 따지는 말투로 나가레에게 물었다.

"넌 병실 사진을 보고도 못 알아챘니?"

나가레의 말에 고이시가 말없이 고개를 갸웃거렸다.

"창밖에 도후쿠지(東福寺, 교토의 사찰)의 경내 정경이 찍혀 있었지. 때마침 단풍철이 막 시작된 것 같았어."

고이시가 깜짝 놀란 듯이 등줄기를 곧게 폈다.

"그렇다면 아무리 생각해도 11월 초순이잖아. 그때부터 석 달이면……."

손가락을 꼽던 고이시가 힘없이 어깨를 툭 떨어뜨렸다.

"아름다운 손가락에 덴 자국이 몇 개나 있었어. 그건 기름이 튄 흔적이야. 그것만이 아니야. 기름진 걸 좋아하는 낮잠이 재롱을 피우며 달라붙었어. 옷에 튀김 냄새가 배어 있어서겠지."

"혹시 돈가스를 튀긴 건가……."

고이시의 말에 나가레가 고개를 꾸벅 끄덕였다.

"자기 나름대로 이래저래 해봤을 거야. 그런데 그리 쉽게 '가쓰덴'의 돈가스가 만들어지질 않았겠지."

"그랬구나."

고이시가 힘없는 목소리로 말했다.

"내 생각에는 사실은 같이 먹고 싶었을 거야. '맛있네'라고 둘이 얘기를 주고받으면서 '가쓰덴'의 돈가스를 먹고 싶었겠지. 그런 심정이 부인에게 '남편한테 만들어주고 싶다'는 말을 하게 만든 거야."

나가레가 눈을 가늘게 떴다.

"스야코 씨는 거짓말을 한 게 아니야."

고이시가 고개를 두 번, 세 번 끄덕였다.

"어쩌면 기온마쓰리(매년 7월에 교토 기온 지역의 야사카신사를 중심으로 한 달 동안 열리는 민속 축제) 무렵에는 '가쓰덴'의 포렴이 다시 걸릴지도 모르지."

나가레가 힘 있는 목소리로 말했다.

"20년 전에 헤어진 남편이 하던 일을? 설마 그럴 리가…… 피아노 선생님을 그만두면서까지 돈가스 식당을 열진 않겠지."

고이시가 말도 안 된다는 듯이 그냥 웃어넘겼다.

"부부 관계란 그리 간단하질 않아. 헤어졌기에 각자가 원하는 길을 걸을 수 있었다고 말할 수도 있겠지. 상대를 생각해서 헤어진다, 그런 부부도 있는 거란다."

나가레가 천천히 일어섰다.

"부부라……. 난 통 모르겠다."

고이시가 어깨를 움츠렸다.

"설령 헤어져도, 멀리 떨어져 있어도, 부부의 연은 안 끊겨. 그렇지, 기쿠코?"

거실로 올라간 나가레가 불단을 향해 봄날 햇빛 같은 온화한 미소를 건넸다.

다섯 번째 접시

나폴리탄

할아버지와의 특별한 여행을 찾아드립니다

교토 역 가라스마 출구를 나온 미즈키 아스카는 빗줄기에 부옇게 흐려진 교토 타워를 올려다보았다.

얼굴에 살며시 그늘을 드리우며 비닐우산을 씩씩하게 펼쳤다.

한창 장마철이니 어쩔 수 없겠지 하면서도 원망스러운 마음으로 하늘을 올려다보았다.

하늘에서 일직선으로 거세게 쏟아져 내리는 빗줄기는 지면을 강하게 내리치며 튀어 올랐다. 가라스마 거리 여기저기에 빗물 웅덩이가 만들어져 있었다.

물웅덩이를 피하며 북쪽을 향해 지그재그로 걸어가는 아스카의 눈에 이윽고 비에 흐릿해진 히가시혼간지가 보이기 시작했다. 아스카는 빨간 레인코트 주머니에서 메모지를 꺼내고, 우산대를 오른쪽 뺨으로 눌러서 고정시켰다.

메모에 적힌 지도를 확인한 아스카는 잰걸음으로 횡단보도를 건넜다.

아스카가 교토를 찾는 것은 이번이 세 번째였다. 맨 처음은 중학교 수학여행, 두 번째는 할아버지 지이치로를 따라왔었다. 두 번 다 내내 절과 신사만 돌아다닌 것 같은 기억뿐이다. 히가시혼간지를 등지고 쇼우멘 거리를 동쪽 방향으로 걸어가는 아스카의 귀에는 할아버지의 다정한 목소리가 메아리치고 있었다.

"설마 여긴 아니겠지?"

모르타르가 칠해진 살풍경한 폐업 상가 앞에 멈춰 선 아스카는 눈썹을 팔자 모양으로 늘어뜨렸다.

물에 빠진 생쥐 같은 잿빛 2층 건물에는 간판도 없고, 포렴도 걸려 있지 않았다. 아스카는 반신반의한 채로 큰맘 먹고 미닫이문을 열었다.

"어서 오세요."

하얀 가운에 청바지를 입은 젊은 여성이 무뚝뚝한 목소리로 아스카를 맞았다.

"여기가 가모가와 식당인가요?"

살풍경한 식당 안을 둘러보며 아스카가 물었다.

"그런데요."

"그럼, 가모가와 탐정사무소는 어디에……?"

"그쪽 손님이셨어요? 탐정사무소는 안쪽에 있어요. 제가 소장을 맡고 있는 가모가와 고이시입니다."

고이시가 아스카에게 인사를 했다.

"미즈키 아스카라고 합니다. 찾고 싶은 '음식'이 있어서."

빨간 레인코트를 벗은 아스카가 고개를 꾸벅 숙였다.

"자리에 앉아서 잠깐만 기다려주시겠어요?"

고이시가 그릇을 포개서 쟁반 위에 올렸다. 식당 안에 손님은 보이지 않지만, 그 흔적은 여기저기 남아 있었다. 아스카는 그 자리들을 피해서 파이프 의자에 앉았다.

"손님 오셨니?"

하얀 가운을 입은 남성이 주방에서 나왔다. 가모가와 식당의 주인인 가모가와 나가레다.

"탐정 쪽 손님이셔."

고이시가 탁자를 닦으며 대답했다.

"배는 안 고프신가요?"

나가레가 아스카에게 물었다.

"뭘 좀 먹을 수 있을까요?"

"처음 오신 손님께는 오늘의 요리를 대접합니다. 그거라도 괜찮으시면."

"가리는 음식도 알레르기도 없어요. 뭐든 맛있게 잘 먹어요."

아스카가 자리에서 일어서 고개를 숙였다.

"맛있는 음식을 조금씩 드시고 싶다는 손님이 오늘 밤에 오시기로 했어요. 여분을 좀 남겨뒀으니 그걸 내오겠습니다."

나가레가 서둘러 주방으로 들어갔다.

"이 빗속에 어디서 오셨어요?"

고이시가 아스카 앞의 탁자를 정성스레 닦았다.

"하마마쓰요."

아스카가 짧게 대답했다.

"아스카 씨라고 하셨죠? 우리 집은 어떻게 아셨어요?"

고이시가 기요미즈야키 찻주전자로 차를 따라주며 물었다.

"부모님이 조그만 선술집을 하셔서 집에는 항상《요리춘추》가 있어요. '음식을 찾습니다'라는 한 줄짜리 광고가 늘 마음에 남아 있었거든요."

"그거 하나로 여기까지 찾아오셨어요? 인연이 있나 보네."

"처음에는 장소고 뭐고 전혀 몰라서……. 큰맘 먹고 편집부에 전화를 해봤죠. 그랬더니 편집장님이 받으셨는데, 장황하게 얘기를 하니까 특별히 힌트를 주셔서 가까스로 찾아온 거예요."

"하마마쓰의 선술집이라. 그럼, 맛있는 장어도 있겠네요."

"네. 장어도 있지만, 우리 식당에서 제일 인기 있는 건 만두예요."

아스카가 차를 마시며 대답했다.

"하마마쓰는 만두의 고장이니까."

나가레가 요리를 쟁반에 받쳐서 내왔다.

"우쓰노미야를 제치고, 하마마쓰가 일본 최고의 만두 고장이 됐어요."

아스카가 자랑스럽게 가슴을 폈다.

"장어랑 만두. 둘 다 좋아하는데."

고이시가 반달 모양의 쟁반을 아스카 앞에 놓고, 리큐 젓가락(利休箸, 양쪽 끝을 가늘게 깎은 삼나무 젓가락)을 가지런히 내려놓았다.

식당이니 가벼운 요리일 거라고 상상했던 아스카는 살짝 당황했다. 격식을 차린 자리는 익숙지 않은데, 정통 교토요리라도 나올 것 같은 분위기였다.

아스카가 양쪽 어깨를 움츠렸다.

"편하게 드시면 돼요."

고이시가 스프레이로 쟁반 위에 물을 살짝 뿌렸다. 여름철에 정통 요리를 낼 때는 청량감을 돋우기 위해 물을 살짝 뿌리는 관습이 있기 때문이다.

"모양새는 이런 식당이지만, 교토라는 곳은 계절감을 중시합니다. 그걸 즐겨주셨으면 해서요. 여름이 코앞이라는 의미죠. 고이시 말대로 그냥 편하게 드시면 됩니다."

소위 '마메자라(豆皿, 아주 작은 접시)'라고 부르는 걸까. 나가레는 아스카의 손바닥 크기도 안 되는 작은 접시들을 탁자 위 반달 모양 쟁반에 늘어놓았다.

"귀엽다."

아스카가 자기도 모르게 중얼거렸다.

"오래된 그릇이랑 서양 그릇, 현대작가의 그릇. 여러 가지가 섞여 있어요."

쟁반 위에 온갖 빛깔의 꽃이 피어났다. 아스카가 손가락을 꼽으며 열둘까지 셌다.

"왼쪽 위부터 설명해드리죠. 아카시 도미를 가늘게 채 썰어서 산초나무 순이랑 버무렸습니다. 폰즈 소스에 찍어 드세요. 가모 가지산적은 한입 크기로 만들었고, 마이즈루 새조개는 양하에 끼워봤습니다. 단식초에 절인 전어는 작은 보즈시로 만들었고요. 여름송이버섯 튀김, 갯장어 겐페이야키(같은 식재료를 두 가지 조리법으로 요리해서 손님에게 제공하는 것으로 재료는 한정되지 않음. 예를 들면 장어 소금구이와 양념구이), 만간지고추(두 가지 고추를 교배해서 만든 유명한 교토 채소 중 하나) 튀김, 전복은 사이쿄 된장에 절였다 구웠습니다. 우오소면(으깬 생선살에 달걀과 소금을 넣고 반죽해서 국수 형태로 뽑은 음식), 토종닭 산초찜, 훈제 고등어에 잣을 넣었습니다. 생두부껍질 시바즈케(붉은 들깻잎을 넣은 채소절임) 무침. 모두 한입 크기라 여성분이 드시기에는 좋을 겁니다. 붕장어밥이 뜸이 들면 내오겠습니다. 천천히 드세요."

요리 설명을 마친 나가레가 쟁반을 옆구리에 끼었다.

"이런 음식은 처음이에요. 뭐부터 먹어야 할지 모르겠어요."

아스카가 눈을 반짝거렸다.

"좋아하는 것부터 편하게 드시면 됩니다."

나가레가 인사를 하고 주방으로 돌아갔다.

"잘 먹겠습니다."

아스카가 얌전한 표정으로 두 손을 모은 후, 젓가락을 들었다.

도미를 폰즈 소스에 찍어서 입에 넣은 아스카가 자기도 모르게 목소리를 높였다.

"와, 맛있다!"

잇달아 여름송이버섯 튀김에 소금을 뿌려서 입에 넣고, 고개를 크게 끄덕거렸다.

"뜨거우니까 조심하세요."

나가레가 뚜껑 틈새로 김이 흘러나오는 질냄비를 탁자에 내려놓았다.

"으음, 맛있는 냄새."

아스카가 코를 실룩거렸다.

"장어도 맛있지만, 담백한 붕장어도 좋아요. 아카시산 구운 붕장어를 산초열매와 함께 넣어서 밥을 지었습니다."

나가레가 질냄비 뚜껑을 열자, 김이 모락모락 피어올랐다.

아스카가 작은 공기에 덜어낸 붕장어밥으로 젓가락을 뻗으며 부드러운 미소를 머금었다.

그 모습을 지켜보던 나가레가 가볍게 눈인사를 했다.

세 번째 요리로 젓가락을 뻗을 무렵부터 아스카의 눈이 촉촉하게 젖어 들기 시작했다. 다섯 번째, 일곱 번째 요리로 이어지자 눈물이 뚝뚝 떨어졌다. 손수건으로 몇 번이나 눈가를 훔쳤다. 보고만 있을 수는 없었던 고이시가 그 옆에 웅크려 앉았다.

"왜 그래요? 속이라도 안 좋아요?"

"죄송해요. 너무 맛있어서 그만……. 맛있는 걸 먹으면 늘 이렇게 눈물이 나요."

아스카가 울면서 미소를 지었다.

"그런 거라면 다행이지만."

빈 접시를 치운 고이시가 포렴을 젖히며 주방으로 들어갔다. 나가레는 그 모습을 물끄러미 바라보고 있었다.

아스카는 남은 요리 다섯 개를 바라보았다.

추억 속의 맛을 찾고 싶다고 했지만, 실은 이 요리들을 만나러 온 게 아니었을까. 아스카는 그런 생각이 들었다. 그 정도로 마음속 깊이 스며드는 요리였다.

애지중지하듯, 이별을 아쉬워하듯, 아스카가 모든 접시를 깨끗이 비웠다.

"마음에 드셨나 모르겠습니다."

때마침 나가레가 아스카 옆에 와서 섰다.

"고맙습니다. 맛이 있네 없네 하는 수준을 뛰어넘었어요. 왠지 가슴이 설렐 정도예요."

가슴에 손을 얹은 아스카가 심호흡을 했다.

"다행이군요. 고이시가 안에서 준비하고 있으니, 잠깐만 기다려주세요. 따뜻한 호지차(녹차 찻잎을 볶아서 만든 차)를 두고 가겠습니다."

나가레가 빈 그릇들을 치운 후, 찻주전자를 반코야키로 바꾸고 찻잔도 새것으로 바꿔주었다.

고요히 가라앉은 식당 안에는 아스카가 차 마시는 소리만 울려 퍼졌다. 차를 조금 마신 후, 나지막이 한숨을 내쉬었다. 그렇게 몇 번이나 되풀이했다.

"오래 기다리셨습니다."

나가레가 옆에 와서 섰다.

"이제 들어갈 수 있나요?"

아스카가 자리에서 일어났다.

나가레가 앞장서서 식당 안쪽의 긴 복도를 지나 탐정사무소로 안내했다.

"이 사진들은?"

복도 양쪽에 빽빽하게 붙은 사진에 아스카의 시선이 멈췄다.

"대부분은 제가 만든 요리입니다."

멈춰 선 나가레가 쑥스러운 듯이 대답했다.

"부인이세요?"

아스카가 자작나무 그늘에서 잔을 기울이고 있는 여성을 손으로 가리키며 물었다.

"그게 마지막 사진이 됐어요. 가루이자와에서 찍은 사진입니다. 나가노에서 좋아하는 메밀국수를 먹고 마음에 드는 호텔로 돌아가서 좋아하는 와인을 마셨죠. 이렇게 행복한 시간이 있을까, 그런 표정 아닌가요?"

기분 탓인지 나가레의 눈동자가 촉촉하게 젖어 보였다. 이럴 때는 무슨 말을 건네야 좋을지 끝내 떠올리지 못한 채, 아스카는 나가레를 따라갔다.

"미즈키 아스카 씨. 꼭 예명 같네요."

고이시가 젊은 여성다운 둥글둥글한 글씨를 눈으로 좇으며 말했다. 고이시와 아스카는 낮은 탁자를 사이에 두고 마주 앉아 있었다.

"어릴 때는 창피했어요."

소파에 살짝 걸터앉은 아스카가 어깨를 움츠렸다.

"엔슈여자대학 2학년. 만 열아홉 살이네. 부러워라. 청춘의 절정기네."

고이시가 부러운 듯이 말했다.

"왜 그런지 전 그런 실감은 안 나는데."

아스카가 살짝 그늘진 목소리로 중얼거렸다.

"그건 그렇고, 어떤 '음식'을 찾고 싶어요?"

고이시가 공책을 펼쳤다.

"할아버지랑 같이 먹었던 스파게티를 찾아주세요."

"어떤 스파게티?"

고이시가 공책에 받아 적었다.

"나폴리탄이었던 것 같아요. 케첩 맛에 비엔나소시지가 올라가 있었어요."

"우리 아빠가 특히 잘하는 음식인데. 할아버지께서 만들어주셨나요?"

"아뇨. 할아버지가 손수 만드신 음식을 먹어본 기억은 없어요. 여행 갔던 곳에서 둘이 먹었어요."

"좋은 할아버지시네."

"우리 부모님은 맞벌이라 늘 바쁘셨고⋯⋯. 그래서 어릴 때는 할아버지가 늘 저를 보살펴주셨어요."

아스카가 얼굴을 환하게 피며 말했다.

"성함은?"

"지이치로. 미즈키 지이치로."

고이시의 질문에 아스카가 자세를 바로 하고 대답했다.

"할머니는?"

"제가 태어난 지 얼마 안 돼서 병으로 돌아가셨대요. 할머니 기억은 거의 없어요."

아스카의 목소리가 가라앉았다.

"그 스파게티를 먹은 건 어디로 여행 갔을 때였죠?"

고이시가 펜을 쥐고 물었다.

"할아버지가 저를 여기저기 많이 데리고 다니셔서 전혀 모르겠어요."

아스카가 낮은 탁자로 시선을 떨어뜨렸다.

"어느 지역인지도 모르고?"

고이시의 질문에 아스카가 말없이 고개를 가로저었다.

"할아버지가 3년 전부터 치매에 걸리시는 바람에…… 설마 이렇게 될 줄 몰랐기 때문에 여행의 추억담도 나눈 적이 없어요."

"뜬구름 잡는 얘기네. 일본 전국에 나폴리탄을 내놓는 식당이 얼마나 될까?"

고이시가 천장을 올려다보며 한숨을 내쉬었다.

"다섯 살 때 일이라…… 죄송해요."

아스카가 고개를 꾸벅 숙였다.

"그럼, 어떤 여행이었는지 기억을 한번 떠올려볼까요. 뭐든 기억나는 게 없나요? 예를 들면 뭘 타고 갔다거나 뭘 봤다거나."

고이시가 마치 어린애에게 묻는 듯한 말투로 아스카에게 말을 건넸다.

"바다 근처 호텔에 묵었어요."

아사카가 눈을 질끈 감고 필사적으로 기억을 더듬었다.

"바다 근처, 그리고 또?"

고이시가 펜을 멈추고 물었다.

"호텔에서 자고, 다음 날 배를 탔어요. 자동차를 가지고 탔던 것 같아요."

아스카가 눈을 반짝였다.

"그렇다면 페리인가?"

고이시가 공책에 선을 두 줄 그었다.

"그런데 이상해요. 집에 돌아올 때는 신칸센이었어요. 신칸센을 타고 하마마쓰까지 돌아온 건 또렷하게 기억나요."

아스카가 작은 의문을 제기했다.

"도중에 렌터카를 빌린 거 아닐까요? 우리 아빠도 자주 이용하는데."

"그럴지도 모르죠. 할아버지 차가 아니었던 것 같은 기분도 드니까."

아스카가 납득한 듯이 고개를 끄덕였다.

"바다 근처 호텔에서 뭘 했어요?"

"……."

아스카는 열심히 생각해내려고, 떠올랐다 금세 사라지는

기억들을 붙잡으려 애썼다.

"배는 몇 시간이나 탔어요?"

고이시가 얘기의 방향을 틀었다.

"그렇게 긴 시간은 아니었던 것 같아요. 한 시간이나 두 시간, 그 정도."

"짧은 뱃길이었네."

고이시가 펜을 굴리며 받아 적었다.

"호텔에 도착하기 전에…… 전등. 전등이 많이 켜져 있었던 것 같은 기분이 들어요."

아스카가 명상에 잠기며 말을 이어갔다.

"일루미네이션을 말하는 건가?"

무슨 실마리라도 나올까 단단히 벼르고 있던 고이시가 고꾸라질 듯이 몸을 내밀었지만, 아스카는 그저 고개를 갸웃거릴 뿐이었다.

"흐음 그럼, 여행은 잠깐 제쳐두고, 중요한 스파게티를 떠올려볼까요? 어떤 식당이었고, 어떤 맛이었는지."

본론으로 들어가자, 등줄기를 곧게 펴고 앉은 고이시가 펜을 바로잡았다.

"조금 전에도 말했지만, 나폴리탄 스파게티였던 것 같아요. 케첩 맛. 비엔나소시지가 들어 있고."

"그건 어디에나 흔히 있는 평범한 나폴리탄이네."

고이시가 낙담한 듯이 중얼거렸다.

"노란색 스파게티!"

아스카가 큰 목소리로 말하며 손바닥으로 무릎을 쳤다.

"노란색? 나폴리탄은 빨간색 아닌가?"

"빨간색과 노란색이 섞인……."

아스카가 기억의 실마리를 떠올리려고 천장의 한 점을 응시했다.

"그런 나폴리탄도 있나?"

고이시는 의아해하면서도 공책에 그림을 그려 넣었다.

"착각일까요?"

자신이 없어졌는지 아스카의 목소리가 작아졌다.

"식당은? 장소라거나, 식당 이름이라거나, 분위기 같은 거. 만 다섯 살짜리 아이에게는 무리일까요?"

반쯤 포기한 듯한 기색으로 고이시가 물었다.

"역에 도착해서 할아버지 손을 잡고 한참 걸어간 기억이나요."

아스카는 할아버지 손의 온기를 떠올리는 것 같았다.

"역에서 한참을 걸었다? 먹고 나서 다시 역으로 돌아갔고?"

고이시가 펜을 쥐며 물었다.

"스파게티를 먹은 후, 신칸센을 타고 집으로 돌아왔어요. 그동안 제가 내내 울었던 것 같은 기억이 나요."

"피곤했을까?"

고이시가 미소를 건넸다.

"그렇기도 했겠지만, 스파게티가 너무 맛있어서, 그래서……."

"아 참, 그렇지. 맛있는 음식을 먹으면 눈물이 난다고 했지."

"맛있는 음식을 먹을 때 눈물이 나게 된 건 그 스파게티가 계기였던 것 같아요."

아스카가 먼 곳을 바라보는 눈빛을 띠었다.

"그 정도 기억밖에 없는데……. 입안에 화상을 입었던 것 같기도 하고. 그리고 할아버지가 큼지막한 빨간 병을 카메라로 찍었고……."

아스카가 중얼거리는 말들을 공책에 받아 적으며 고이시가 물었다.

"그럼, 여행 갔을 때 사진을 보면 되겠네. 할아버지가 사진을 찍으셨으니까 찾아보면 어떨까요?"

"실은 할아버지가 치매이지 않을까 의심하게 된 계기가

주변 물건들을 전부 내다버렸기 때문이에요. 중요한 통장에, 현금에, 인감도장 같은 걸 쓰레기봉지에 마구 집어넣어서. 사진도 그 속에……."

아스카가 목소리를 낮췄다.

"저런, 저런."

"할아버지랑 부모님이랑 넷이서 살았는데, 집 안의 중요한 물건들을 전부 내다버려서 할아버지는 재작년부터 시설에 들어가셨어요."

아스카가 아쉬워하듯이 말했다.

아스카의 머릿속에는 오래도록 넷이 둘러앉아 있곤 하던 단란한 풍경이 떠올랐다. 술을 좋아하셨던 할아버지는 기분 좋게 취하시면, 잠자리에 들기 전 예외 없이 아스카의 머리를 두세 번 쓰다듬어 주시곤 했다.

"하긴, 사진이 남아 있었으면 우리한테 찾아달라고 부탁하지도 않았겠지. 일단 부딪쳐보는 수밖에 없겠네. 우리 아빠라면 찾아낼 수 있을 거예요."

고이시가 공책을 덮었다.

"잘 부탁드립니다."

자세를 바로잡은 아스카가 고개를 깊이 숙이며 인사했다.

"그건 그렇고, 왜 이제 와서 그 나폴리탄을 찾아야겠다는 생각이 들었을까요?"

고이시가 물었다.

"저도 다시 한 번 먹어보고 싶기도 하지만, 할아버지에게 드리고 싶어요. 가능하다면 그때 갔던 식당으로 모시고 가서."

"그렇구나."

"지금은 만나러 가도 제가 누군지도 모르세요."

아스카가 탁자로 시선을 떨어뜨렸다.

"좋아! 할아버지께 꼭 그 스파게티를 대접해 드립시다. 맡겨주세요."

공책을 덮은 고이시가 주먹으로 가슴을 탕탕 치며 말했다.

"얘기는 잘 들었니?"

카운터 자리에 앉아 있던 나가레가 신문을 접었다.

"제 기억이 가물가물해서."

아스카가 끼어들었다.

"나폴리탄을 찾고 싶대. 아빠가 특히 잘 만드는 음식이잖아."

고이시가 말했다.

"내 레시피는 소용없잖아."

나가레가 아스카에게 미소를 건네며 말했다.

"맛있으면 그것도 괜찮겠지만⋯⋯."

아스카가 웃는 얼굴로 대답했다.

"다음 약속은 정했니?"

나가레가 고이시에게 물었다.

"아, 깜박했다. 2주일 후의 오늘, 괜찮아요?"

고이시가 확인하자, 아스카가 고개를 꾸벅 끄덕이고 식당 밖으로 나갔다.

"오늘은 교토에서 묵나요?"

나가레가 아스카가 들고 있는 커다란 가방으로 시선을 돌렸다.

"그럴 생각이었는데, 내일도 계속 비가 내릴 것 같아서 하마마쓰로 돌아갈래요."

"비 내리는 교토도 나름 운치 있는데."

나가레가 비 오는 하늘을 올려다보며 말했다.

"다음번 즐거움으로 아껴둘게요."

아스카가 미소를 지었다.

"최선을 다해서 찾아보겠습니다."

나가레가 아스카의 눈을 똑바로 쳐다보며 말했다.

"기대하겠습니다."

인사를 한 아스카가 히가시혼간지를 향해 걸어갔다. 그녀를 배웅한 두 사람은 식당으로 돌아왔다.

"요즘에는 매일같이 비만 오는구나. 이젠 슬슬 질리는데."

나가레가 파이프 의자에 앉았다.

"이 정도로 찾아낼 수 있을까?"

옆에 앉은 고이시가 공책을 펼쳐서 나가레에게 보여주었
다.

"해봐야 알지."

돋보기를 꺼낸 나가레가 공책에 적힌 글씨를 읽어 내려
갔다.

"뜬구름 잡는 얘기지. 나폴리탄은 어디에나 있는 흔한 음
식이고."

고이시가 공책을 들여다보며 말했다.

"바다 근처 호텔, 페리라……."

나가레가 공책 페이지를 넘겼다.

"전등."

나가레가 나지막이 중얼거렸다.

"아무리 아빠라도 이번만은 무리일 것 같은데……."

"아빠 말이다, 내일 여행 좀 다녀오마."

나가레가 고이시의 말을 가로막았다.

"어? 벌써 행선지를 알아낸 거야?"

고이시가 새된 목소리로 물었다.

"어떤 여행이었는지 대강 짐작은 가. 다만, 과연 그런 식당이 있을지 없을지."

나가레가 팔짱을 꼈다.

"에이, 뭐야. 그럼, 식당은 모르는 거네."

고이시의 목소리가 다시 낮아졌다.

◇◇◇◇◇◇◇◇◇◇◇◇◇◇◇◇◇◇◇◇◇◇◇

어른의 조건, 나폴리탄

"역시나 또 비네."

교토 역 가라스마 출구를 나온 아스카가 어깨를 살짝 움츠렸다.

장마가 아직 안 끝났으니 교토에도 비가 오는 건 당연하다고 스스로를 타이르며 가라스마 거리를 북쪽으로 걸어갔다.

우산에 떨어지는 빗소리가 차츰 강해졌다. 보행신호를 기다리는 아스카의 다리가 지면에서 세차게 튀어 오른 빗방울에 젖어 들었다. 아스카는 '가모가와 식당' 현관 앞에 서서 우산을 접고, 크게 심호흡을 했다.

"어서 와요. 또 비가 오네."

고이시가 미닫이문을 열고 아스카를 맞아 주었다.

"안녕하세요. 실례하겠습니다."

아스카가 빨간 레인코트를 벗어서 벽에 달린 고리에 걸었다.

점심시간이 지나 손님들이 이미 돌아간 후일까. 식당 안은 휑하니 비어 있었지만, 인기척은 어렴풋이 남아 있었다. 지난번에도 그랬지만, 손님이 보이지 않는데도 불구하고 왜 그런지 사람의 온기는 느껴졌다. 아스카는 새삼 신기한 식당이라고 느꼈다.

"괜찮으면 이걸로 닦아요."

고이시가 수건을 내밀었다.

"고맙습니다."

아스카가 스타킹에 튄 빗방울을 훔쳐냈다.

"배고프죠? 바로 준비할게요."

주방에서 나온 나가레가 하얀 모자를 벗으며 말했다.

"잘 부탁드립니다."

아스카가 고개를 숙였다 들자, 나가레가 웃는 얼굴을 남기고 주방으로 돌아갔다.

아스카는 수건을 고이시에게 돌려주고, 파이프 의자에 앉았다.

"할아버지는 좀 어떠세요?"

고이시가 기요미즈야키 찻주전자를 기울이며 물었다.

"그저께 뵈러 갔는데, 역시나 제가 누군지 모르시는 것 같아요."

아스카의 얼굴에 그늘이 드리워졌다.

"마음이 아프겠어요."

고이시가 따뜻한 말을 건넸다.

주방에서 프라이팬을 흔드는 소리가 크게 들려오고, 맛있는 냄새도 떠돌기 시작했다. 기분 전환을 하는 것처럼 고이시가 아스카 앞에 핑크색 식탁 깔개를 놓고, 그 위에 포크를 내려놓았다.

"고이시, 이제 곧 음식 나가니까 앞치마 둘러드려."

주방에서 나가레가 소리쳤다.

"옷 버리면 안 되니까."

고이시가 베이지색 원피스를 입은 아스카의 뒤에 서서 하얀 앞치마를 둘러주고 목 뒤로 끈을 묶었다. 대체 뭐가 시작되는 건가 싶어서 아스카는 살짝 당혹스러웠다.

"오래 기다리셨습니다."

나가레가 빠른 걸음으로 은쟁반을 들고 나왔다.

"소스가 튀니까 조심하세요."

식탁 깔개 위로 나무접시에 얹은 둥그런 철판을 내려놓았다. 거기에서 지글지글 소리가 났다. 아스카는 무의식중에 몸을 뒤로 젖혔다.

"식기 전에 드세요. 오늘은 화상 안 입게 조심하고."

옆에 선 나가레가 아스카에게 미소를 건넸다.

"이건……."

아스카가 눈을 휘둥그레 떴다.

"기억납니까? 할아버지와 같이 드셨던 음식은 아마 이런 스파게티였을 거예요. 천천히 많이 드세요."

조그만 타바스코 병을 탁자에 내려놓은 나가레가 은쟁반을 옆구리에 끼고 주방으로 돌아갔다.

"찬물은 옆에 두고 갈게요."

얼음물이 든 유리잔과 피처를 탁자에 내려놓고, 고이시도 나가레의 뒤를 따라갔다.

뜨거운 철판 위에 있는 것은 케첩으로 버무려진 붉은 스파게티였지만, 바닥에 달걀이 깔려 있어서 노란색도 두드러져 보였다. 세로로 자른 비엔나가 세 개쯤 장식되어 있었다. 아스카는 두 손을 모아 쥐고, 서둘러 포크를 들었다.

"앗, 뜨거!"

아스카는 스파게티를 입에 넣자마자 곧바로 얼굴을 찡그렸다.

철판 위에서 김을 뿜어내는 스파게티는 평범한 스파게티와는 비교도 할 수 없을 정도로 뜨거웠다. 입안이 델 지경이었지만, 맛있다는 생각이 앞서서 도저히 식을 때까지 기다릴 수가 없었다.

"맛있다."

나지막이 중얼거린 아스카는 포크를 멈추지 못했다.

포크로 비엔나소시지를 찍어서 입안에 넣자 탱글탱글한 감촉과 함께 껍질이 톡 터졌다. 시간이 지날수록 달걀에 불기가 스며들면서 서서히 익어 갔다. 아스카는 살짝 익은 달걀에 스파게티를 감아서 입으로 가져갔다.

"오므라이스 같네."

혼잣말을 흘린 아스카의 뺨으로 눈물이 미끄러졌다.

할아버지와 함께했던 추억이 주마등처럼 지나갔다. 초등학교 입학식은 물론 중학교, 고등학교에 들어간 후에도 늘 곁을 지켜줬던 사람은 아빠도 엄마도 아닌 할아버지였다.

"아무래도 내가 잘못 짚은 건 아닌 것 같군."

나가레가 주방에서 나왔다.

"네."

짧게 대답한 아스카가 손수건으로 뺨을 훔쳤다.

"정확하게 말하면 나폴리탄이 아니라 이탈리안이라고 부

른다고 해요. 나고야에 있는 '셰프'라는 식당의 메뉴였어요. 그렇긴 해도 그 식당의 메인요리는 나고야의 명물인 '앙카 케 스파게티(걸쭉한 갈분 양념장을 얹고 후추를 많이 쓴 중화풍 스파게티)' 지만."

"나고야였어요?"

아스카에게는 예상 밖의 지명이었던 모양이다.

"그때 여행은 아마 이런 코스였을 거예요."

나가레가 탁자에 지도를 펼치며 얘기를 이어가자, 아스카 와 고이시가 지도를 들여다봤다.

"여행의 목적지는 미에 현의 도바였을 겁니다. 아마 수족 관이라도 데려갔겠죠. 대부분의 아이들은 좋아하니까. 바닷 가 옆 호텔에서 묵고 배를 탔다면, 이런 루트였지 싶은데."

나가레가 지도에 빨간 선을 그었다.

"제가 묵었던 곳이 이라 호수였나요?"

아스카는 신기하다는 듯이 물었다.

"전등이 보였던 까닭은 분명 덴쇼국화電照菊 때문이었을 겁니다."

"덴쇼국화?"

아스카와 고이시가 동시에 소리를 높이며 서로의 얼굴을 마주 보았다.

"아쓰미 반도의 명물이라고 할까, 특산품이죠. 국화를 온실에서 재배하는데, 밤새도록 전등을 환하게 밝혀 두고 키워요. 그렇게 해서 개화 시기를 조절한다더군요. 어때요, 이렇게 보면 아름다운 야경이죠?"

나가레가 태블릿 컴퓨터를 조작하며 덴쇼국화 사진을 보여주었다.

"이런 느낌이었나……?"

아스카는 반신반의하는 것 같았다.

"무슨 사정이 있었는지 밤늦게 출발했죠. 손녀를 배에 태워주고 싶으셨을 겁니다. 도요하시에서 렌터카를 빌려 이라호수에서 1박. 다음 날 아침 페리를 타고 도바로 가서 하루 종일 놀고, 나고야까지 자동차로 돌아오는, 뭐 그런 여정이었을 것 같은데요."

"덴쇼국화? 그러고 보니 학교에서 배운 것 같기도 하네."

팔짱을 낀 고이시가 고개를 끄덕거렸다.

"도바에서 이세만 도로를 따라 북상하면 나고야에 도착합니다. 그곳에서 렌터카를 반납하고 신칸센으로 하마마쓰로 돌아가는 거죠. 그전에 스파게티 식당에 들렀던 겁니다. 학생의 할아버지께선 맛있는 음식을 매우 좋아하셨겠죠. 여행의 마무리를 그 식당에서 맺으려고 계획하셨을 겁니다. 아이

들도 좋아할 만한 메뉴예요. 보나마나 손녀에게 먹여주고 싶었겠죠."

나가레가 태블릿 화면을 손가락으로 밀며 식당 사진을 보여주었다.

"이 식당이었나요?"

아스카가 감개무량한 듯이 눈을 가늘게 떴다.

"일부러 나고야에서 차 타는 시간을 여유 있게 잡아 놓고, 이 식당에 들르는 사람도 많다고 합니다. 요리의 정식 이름은 나폴리탄이 아니라 이탈리안. 달걀을 풀어서 철판에 깔고, 그 위에 나폴리탄을 올린 요리를 나고야에서는 이탈리안이라고 부르는 모양입니다. 노란색 이미지는 풀어 놓은 달걀 때문이겠죠. 할아버지가 사진을 찍었던 빨간 병은 바로 이겁니다. 거대한 타바스코 병. 나도 무심코 디지털카메라로 찍게 되더군요."

나가레가 태블릿의 사진을 잇달아 보여주며 아스카에게 설명을 덧붙였다.

"타바스코였구나."

아스카는 작은 타바스코 병을 들고 화면의 이미지와 비교해보았다.

포크를 다시 집어 든 아스카가 철판에 남은 스파게티를

정성스레 긁어모았다. 철판에 들러붙은 달걀을 긁어서 스파게티를 한 가닥도 안 남기고 깨끗이 먹어치웠다.

그리고 한동안 텅 빈 철판을 물끄러미 바라보다 이윽고 두 손을 모아 쥐었다.

"잘 먹었습니다."

그 모습을 지켜본 나가레가 물었다.

"할아버지께선 지금 연세가 어떻게 되시죠?"

"지난달에 만 일흔다섯이 되셨어요."

아스카가 대답했다.

"아직 젊으시네. 이 스파게티가 병세를 호전시키는 계기가 될 수도 있겠군요."

"그러면 좋겠지만."

아스카가 힘없는 목소리로 말했다.

"식당까지 모시고 가는 게 제일 좋겠지만, 그게 힘들면 학생이 만들어 드리세요. 철판과 모든 식재료를 준비해줄 테니까. 레시피라고 할 만큼 대단한 건 아니지만, 만드는 방법도 적어뒀습니다."

나가레가 눈짓으로 신호를 보내자, 고이시가 아스카 옆에 종이봉투를 내려놓았다.

한동안 눈을 가늘게 뜨고 있던 아스카가 생각을 떨쳐내듯

벌떡 일어나더니 두 사람에게 깊이 고개를 숙였다.

"정말 감사했습니다. 계산 부탁드릴게요."

아스카가 가방에서 지갑을 꺼냈다.

"적당하다고 생각하는 금액을 여기로 송금해주세요."

고이시가 메모지를 건네주었다.

"알겠습니다. 돌아가는 대로 바로 송금할게요."

"아직 학생이니까 정말로 성의 표시만 해도 돼요. 무리하지 말고."

고이시가 아스카에게 미소를 건넸다.

"마음 써주셔서 고맙습니다."

두 사람에게 고개를 숙인 아스카가 빨간 레인코트를 걸치고 미닫이문을 열었다.

"얘, 들어오면 안 돼."

문턱에 발을 얹은 얼룩고양이를 고이시가 견제했다.

"가엾게 비를 맞았네. 이름이 뭐예요?"

아스카가 웅크려 앉으며 물었다.

"낮잠이라고 불러요. 늘 눈 감고 잠만 자는 것 같아서."

고이시도 그 옆에 웅크려 앉았다.

"비가 그친 모양이구나."

나가레가 하늘을 향해 손바닥을 들어 올리자, 흐릿한 햇빛

이 쏟아졌다.

"한 가지 여쭤봐도 될까요?"

일어선 아스카가 나가레의 눈을 똑바로 쳐다보았다.

"뭘?"

나가레가 그 눈을 바라보았다.

"할아버지랑 같이 먹은 음식이 수없이 많은데, 저는 왜 그 스파게티가 마음속에 남아 있었을까요?"

아스카가 물었다.

"이건 어디까지나 내 추측일 뿐이지만."

나가레가 숨을 한 번 돌리고, 말을 이었다.

"다섯 살이 되자, 할아버지가 손녀를 어엿한 한 인간으로 대해 주었고, 그 후에 처음 떠난 여행이라 그렇지 않을까?"

나가레의 말에 아스카가 깜짝 놀란 듯이 눈을 휘둥그레 떴다.

"그때까지는 늘 요리 한 접시를 나눠 먹었는데, 그 여행부터는 손녀를 어엿한 한 사람으로 대해 주었어요. 그 증거가 바로 스파게티 한 접시였죠. 내 앞에 나 혼자만 먹는 요리가 있다는 그런 사실이 어지간히 기뻤겠죠."

"……."

아스카는 뭔가 할 말을 찾으려다 결국 찾지 못한 것 같았다.

"맛있는 음식을 먹으면 눈물이 나오게 된 것도 같은 이유일 거라고 봅니다. 아마 맛있는 음식을 먹는 즐거움뿐만 아니라 감사하는 마음과 소중한 가치관도 할아버지께서 가르쳐주시지 않았을까요. 그것이 무의식적으로 학생의 기억 한편에 남은 거겠죠."

나가레의 말에 아스카의 눈동자가 촉촉이 젖어 들었다.

"할아버지께 안부 전해주세요."

고이시가 아스카에게 미소를 건네며 말했다.

"고맙습니다."

아스카가 허리를 깊이 숙인 후, 걸음을 내디뎠다.

나가레와 고이시는 그 뒷모습을 바라보며 배웅했다.

"용케 찾아냈네. 역시 우리 아빠야."

식당으로 들어온 고이시가 탁자를 정리하기 시작했다.

"다섯 살짜리 아이에게는 즐거운 여행이었겠지. 아이를 키우는 건 부모만이 아니군."

얘기를 마친 나가레가 차를 마셨다.

"난 할아버지랑 같이 여행 간 적 없는데."

고이시가 정리하던 손길을 멈추고 허공을 바라보았다.

"우리 아버지는 나보다 훨씬 더 일밖에 모르는 사람이었어. 입만 열었다 하면 '본래 경찰관이라는 직업은'이라며 장황한 설교를 시작했지. 나도 아버지랑 같이 여행한 기억은 없어."

나가레가 거실로 올라갔다.

"그러고 보니 아빠랑 여행한 적도 거의 없네. 언제나 엄마랑 둘이 다녔지."

"경찰관은 연중무휴다. 아버지한테 그런 말을 듣고 자라다 보니 네 엄마가 그 지경이 될 때까지 집안일을 나 몰라라 했지."

나가레가 불단 앞에 앉았다.

"뭐든 다 엄마한테 맡겼어. 그러고 보면 우리 엄마는 정말 대단한 거야. 디즈니랜드도 동물원도 해수욕장이나 등산도 언제나 엄마랑 둘뿐이었어. 그래도 전혀 쓸쓸하진 않았어. 정말 재밌었거든, 우리 엄마가."

고이시가 나가레 옆에 앉으며 불단을 향해 손을 모아 쥐었다.

"오늘 밤에는 맛있는 스파게티라도 먹으러 갈까?"

나가레가 향을 피우고 일어섰다.

"난 오랜만에 아빠가 만들어주는 나폴리탄 먹고 싶은데."

고이시가 눈을 치뜨며 나가레를 올려다보았다.

"웬일로 듣기 좋은 말씀을 다 해주시네. 그래, 철판도 있으
니 이탈리안을 만들어보자."

나가레가 팔을 걷어붙였다.

"철판이라니, 아스카 씨한테 줬잖아?"

고이시가 일어서며 물었다.

"다섯 개 세트로 샀어. 두 개를 줬으니 세 개가 남았지. 어
때? 히로 씨도 부를래?"

"좋은 생각이야! 그러자. 어울릴 만한 와인도 사올게."

고이시가 앞치마를 풀며 말했다.

"싼 걸로 사와. 오늘 밤은 질보다 양이야. 엄마도 마시고
싶어 할 테니까."

나가레가 고이시에게 지갑을 건네주고 불단을 돌아보았다.

여섯 번째 접시

고기감자조림

남자의 소울푸드를 찾아드립니다

1년 중, 최고 시즌인 봄과 가을은 교토가 가장 붐비는 계절이다. 그중에서도 특히 꽃의 수명이 짧은 봄에는 아주 짧은 기간 동안 관광객이 몰려들어서 과장이 아니라 교토 전체가 사람들로 넘쳐난다.

점심때가 막 지난 히가시혼간지 앞의 광장에서도 수많은 여행객이 벚나무를 올려다보며 스마트폰으로 사진을 찍고 있었다.

그냥 벚꽃만 찍어서 뭘 어쩌자는 걸까. 도무지 이해할 수 없다는 듯이 양복 차림의 젊은 남자가 고개를 몇 번이나 갸웃거렸다.

한 차례 기념 촬영을 마친 여행객들은 이번에는 벚꽃의

숨은 명소라 일컬어지는 탱자나무저택을 향해 무리 지어 이동했다. 남자는 그 인파의 물결을 따라 지도를 한 손에 들고 쇼우멘 거리를 따라 동쪽으로 걸어갔다. 이윽고 오른편에 목적지로 보이는 건물이 모습을 드러냈다.

"여긴가?"

남자는 모르타르가 칠해진 2층짜리 건물과 손으로 그린 지도를 번갈아보며 비교했다. 반쯤 열린 창으로 안쪽 상황을 들여다봤다.

노부인 한 사람이 탁자에서 느긋하게 식사를 하고 있었다. 그 옆에 서 있는 하얀 가운을 입은 남성이 요리사인 모양이다. 다른 손님은 없었다.

"안녕하세요? 가모가와 나가레 씨가 어느 분이죠?"

"접니다."

돌아선 나가레가 남자의 겉모습을 주의 깊게 살펴보았다.

고급스러운 짙은 남색 양복에는 펜슬 스트라이프 무늬가 보였다. 옆구리에 끼고 있는 세컨드백은 보테가 베네타. 끝이 뾰족한 갈색 부츠에서는 에나멜 빛이 번쩍거렸다.

"실례하겠습니다. 우와, 산나물 튀김인가요? 맛있어 보이네요."

식당 안으로 들어온 남자가 노부인 앞에 놓인 접시를 힐끗 본 후, 겉옷을 벗어서 의자 등받이에 걸쳤다.

"저어, 누구신지?"

하얀 셔츠에 검은 면바지, 검은 소믈리에 앞치마를 두른 가모가와 고이시가 의아하다는 듯이 물었다.

"소개가 늦었습니다. 저는 다테 히사히코라고 합니다. 다이도지 씨 소개로 찾아뵜습니다."

남자가 공손하게 명함을 내밀었다.

"당신이 다테 씨인가요? 다이도지 아카네 씨한테 얘기는 들었는데, 언제쯤 오시나 했습니다. 다테 엔터프라이즈……."

명함을 받아든 나가레가 찬찬히 살펴보았다.

"당신이 고이시 씨 맞죠? 다이도지 씨한테 소문은 익히 들었습니다만, 상상했던 것보다 훨씬 미인이시네요."

히사히코가 고이시에게 추파를 던지며 말했다.

"어머, 아가씨라뇨. 나이가 몇인데요. 그렇죠, 다에 씨?"

고이시가 얼굴을 붉히며 구루스 다에의 등을 가볍게 내리쳤다.

"지금 뭐하시는 거예요? 식사 중인 거 안 보여요? 너무 소란스러운 거 아닌가."

연보랏빛 기모노에 녹색이 감도는 회색 오비를 두른 다에가 톡 쏘아붙이듯 말했다.

"어이쿠 이런, 실례했습니다. 너무 맛있어 보이는 튀김에다 아름다운 아가씨까지 만나니 저도 모르게 그만."

히사히코가 고개를 깊이 숙이며 사과했다.

"그런 얄팍한 말은 교토에서 안 통해요."

다에가 젓가락을 뻗어 청나래고사리순을 집어서 튀김 간장에 찍었다.

"배는 안 고프신가요?"

나가레가 끼어들었다.

"갑작스럽게 찾아와서 죄송합니다만, 뭐든 주시면 고맙게 먹겠습니다."

히사히코가 배를 누르며 말했다.

"처음 오신 분에게는 오늘의 요리를 대접하는데, 그거라도 괜찮으시면……."

"부탁드립니다."

나가레가 탁자에 명함을 내려놓고, 주방 포렴을 젖히며 안으로 들어갔다.

"편하게 앉으세요."

고이시가 빨간 시트가 깔린 파이프 의자를 당겨주며 자리를 권했다.

"간판도 없고, 메뉴도 없네요. 다이도지 씨한테 얘기는 들었지만, 예상했던 것보다 신기한 식당이군요."

의자에 앉은 히사히코가 식당 안을 빙 둘러보았다.

"아카네 씨랑은 어떤 관계세요?"

고이시가 히사히코 앞에 찻주전자를 내려놓았다.

"다이도지 씨가 편집장을 맡고 있는《요리춘추》라는 잡지를 우리가 회사째 인수하게 됐습니다. 요즘 출판사들은 어디나 힘드니까요."

히사히코가 시원스럽게 대답하고, 천천히 찻주전자를 기울였다.

"다테 엔터프라이즈는 무슨 회사예요?"

고이시가 곁눈으로 명함을 힐끗 보면서 행주질을 했다.

"만물상 같은 회사예요. 금융부터 부동산, 식음료 업종에다 출판까지. 사업이라는 이름이 붙는 건 뭐든 관여하고 있어요."

"CEO……."

고이시가 명함을 집어 들었다.

"최고경영책임자. 일본식으로 말하면 회장쯤 될까요."

히사히코가 차를 마시면서 스마트폰을 만지작거렸다.

"이렇게 젊으신데 회장이라고요?"

고이시가 히사히코의 옆얼굴과 명함을 번갈아보며 말했다.

"고이시짱, 말차 좀 줄 수 있을까?"

젓가락을 내려놓은 다에가 고이시에게 얼굴을 돌렸다.

"지금 바로 말차 드시게요? 요리가 아직 계속 나올 텐데."

고이시가 뒤를 돌아보며 물었다.

"아니. 그게 아니라 말차 가루를 좀 갖다 달란 뜻이야."

"말차소금에 드시게요?"

가모가와 나가레가 백자 그릇을 들고 주방에서 나오며 물었다.

"역시 나가레 씨야. 눈치가 어찌나 빠른지."

"처음부터 준비해 드렸으면 좋았을걸."

나가레가 검은 칠기 쟁반 옆에 그릇을 내려놓았다.

"내 기분 탓인지는 모르겠지만, 오늘 산나물은 쓴맛이 조금 덜한 것 같아서요."

구루스 다에가 말차에 소금을 섞더니, 오가피순 튀김을 찍어서 입으로 가져갔다.

"다에 씨한테는 정말 당할 재간이 없군요. 말씀하신 대로 쓴맛도 향도 약한 것 같습니다. 오하라의 구타 산 깊은 곳까지 가서 뜯어 왔는데 말입니다."

팔짱을 낀 나가레가 고개를 갸웃거렸다.

"식재료도 손수 조달하세요?"

히사히코가 스마트폰을 탁자에 내려놓으며 물었다.

"산나물이나 버섯은 산으로 뜯으러 갑니다. 시장에서 파는 건 향이 진하질 않아서요."

나가레가 얼굴만 히사히코 쪽으로 돌리며 대답했다.

"역시 교토야. 점점 더 기대되는데요."

"바로 준비해 드리겠습니다."

나가레가 잰걸음으로 주방으로 향했다.

"어디서 오셨는지 모르지만 교토의 모든 식당이 이런 건 아니에요. 이곳은 특별한 식당이에요."

다에가 히사히코의 얼굴을 응시하며 못을 박듯이 말했다.

"전 아무것도 모르는 도쿄 사람입니다. 본래 태어난 곳도 히로시마 시골이라 세상물정 모르는 촌사람이고."

히사히코가 왼쪽 뺨만 부드럽게 풀면서 말했다.

"젊은 사람들은 흔히 착각하는 모양인데, 시골은 히로시마가 아니라 도쿄 쪽이에요."

그렇게 받아친 다에가 히사히코에게 등을 돌렸다.

"오래 기다리셨습니다. 젊은 분이 배가 고프다고 하셔서 양을 좀 많이 담았습니다."

나가레가 푸른 대나무로 엮은 큼지막한 바구니를 히사히코 앞에 내려놓았다.

"이건 정말 대단한데."

히사히코의 눈이 반짝였다.

"철이 철이니 만큼 꽃놀이 도시락을 흉내 내봤습니다. 기름종이 위에 올린 것이 산나물 튀김이에요. 청나래고사리순, 단풍나물, 쑥, 두릅, 오가피순과 밀나물입니다. 말차소금도 같이 내왔지만, 튀김 간장에 찍어 드셔도 맛있지요. 생선회는 꽃돔과 학꽁치입니다. 폰즈 소스에 찍어 드세요. 구이는 참송어 된장절임, 조림은 죽순입니다. 반딧불오징어와 미역초 된장무침, 하룻밤 푹 끓인 오우미 소고기 찜, 닭날개 튀김과 국물요리에는 바지락과 죽순 신조(真薯, 새우, 게, 흰살 생선 등을 다지고 강판에 간 마와 달걀흰자, 맛국물 등으로 양념해서 찌거나 삶거나 튀긴 요리)를 넣었습니다. 밥은 죽순밥인데, 흰 쌀밥도 있습니다. 양은 넉넉하니 부족하시면 언제든 말씀하세요. 천천히 많이 드십시오."

나가레의 설명에 따라 눈을 상하좌우로 움직이며 일일이 고개를 끄덕이던 히사히코가 드디어 젓가락을 들었다.

"푸짐하게 많이 담으셨네요. 뭐부터 먹어야 할지 망설여집니다."

"미리 말해두는데……."

다에가 돌아앉은 동시에 히사히코가 입을 열었다.

"교토의 식당이 다 이런 건 아니다, 이곳은 특별한 식당이다, 그런 말씀이죠?"

다에에게 미소를 지어 보인 후, 히사히코가 맨 먼저 젓가락을 댄 음식은 오우미 소고기 찜이었다.

"알면 됐고."

다에가 고개를 크게 끄덕거렸다.

"입에서 살살 녹는군요. 어떻게 이렇게 부드럽지?"

히사히코가 눈을 감고 고기 맛을 깊이 음미했다.

"오랜 시간 삶아서 고기가 부드러워졌어요. 천천히 많이 드십시오. 식사가 끝나면 우리 딸이 안으로 안내해서 얘기를 들어드릴 겁니다."

히사히코가 먹는 모습을 바라보던 나가레가 주방으로 돌아갔다.

"찻주전자를 옆에 놔둘 테니 부족하시면 말씀하세요."

고이시가 나가레의 뒤를 따라갔다.

히사히코가 국그릇을 들고 한 모금 들이킨 후, 한숨을 내쉬었다. 산나물 튀김에 말차소금을 뿌려서 입으로 가져갔다. 바삭바삭 튀김이 씹히는 소리가 식당 안에 울려 퍼졌다. 얇게 썬 도미 회를 폰즈 소스에 찍어서 혀 위에 올렸다.

"그래, 그래, 이 맛이야. 이건 세토나이 도미가 틀림없어."

다에의 분위기를 살피면서 히사히코가 혼잣말을 했다.

"정확하게는 우와카이 도미라고 하더군요."

다에가 히사히코에게 등을 돌린 채로 중얼거렸다.

"우와카이 도미라고요? 그래서 이렇게 맛있구나."

히사히코가 죽순밥을 볼이 미어지게 먹으며 말했다.

어지간히 배가 고팠던 모양인지 생선구이, 닭날개 튀김, 조림, 무침 등등 잇달아 그릇을 비워 가서 눈 깜짝할 새에 푸른 대나무 바구니가 비어 버렸다.

"입맛에 맞으셨습니까?"

나가레가 마시코야키(도치기 현 마시코 지역에서 생산되는 도자기) 질주전자를 들고 나와 히사히코 옆에 섰다.

"굉장히 맛있었어요. 다이도지 씨 같은 식도락가가 절찬하는 곳이니 틀림없을 거라고 예상은 했지만, 이 정도일 줄은 몰랐어요."

히사히코가 환하게 웃었다.

"그것 참 다행이군요. 차를 두고 갈 테니 한숨 돌리시면 말씀해주세요. 안으로 안내해 드리겠습니다."

나가레가 교야키(교토에서 만든 도자기의 총칭) 찻주전자를 마시코야키로 바꿨다.

"이제 슬슬 후식을 먹을 수 있을까요?"

다에가 나가레에게 물었다.

"알겠습니다. 오늘은 벚꽃떡(밀가루 반죽을 얇게 밀어 팥소를 넣고 벚나무 잎으로 싸서 찐 떡)을 만들었으니 기대해주세요. 말차는 평소처럼 진하게 내올까요?"

"벚꽃떡이면 조금 연한 게 나을까요?"

"그렇죠. 진하면 떡의 단맛이 가려질 테니까."

"그럼, 그렇게 해줘요."

히사히코가 나가레와 다에의 대화가 끝날 때까지 기다렸다 배를 문지르며 일어섰다.

"잘 먹었습니다. 저 혼자 들어갈 수 있으니까 일 보세요. 왼쪽 문을 지나서 복도로 곧장 가면 되죠? 다이도지 씨한테 들었으니 문제없습니다."

"그렇게 해주시면 고맙죠. 안에서 고이시가 기다리고 있을 겁니다."

나가레가 안쪽 문을 가리켰다.

"난 괜찮아요. 급할 건 하나도 없어요. 안내해 드리고 오세요."

"어린애가 아니니까 안쪽 방 정도는 혼자 갈 수 있습니다. 천천히 드세요."

히사히코가 트림을 애써 참으며 안쪽 문을 열었다.

긴 복도가 이어지는 양쪽 벽은 스냅사진들로 가득 메워져 있었다. 개중에는 인물 스냅사진도 있었지만, 거의 다 요리 사진이었다. 히사히코의 시선이 멈춘 곳은 고기요리 사진들 뿐이었다. 한두 발자국을 걸어가다 다시 멈춰 섰다. 그렇게 몇 번이나 되풀이하면서 마침내 '가모가와 탐정사무소' 팻말이 걸린 문을 노크했다.

"네, 들어오세요."

기다리고 있었다는 듯이 고이시가 안에서 문을 당겼다.

"실례하겠습니다."

히사히코가 검은 소파 한가운데에 자리를 잡고 앉았다.

"여기에 기입해 주시겠어요."

맞은편에 앉은 고이시가 서류철을 낮은 탁자 위에 내려놓았다.

"의외로 절차를 제대로 밟으시네요."

히사히코가 왼쪽 뺨을 부드럽게 풀며 펜을 들었다.

"아카네 씨 소개로 오셨고 명함도 받았으니, 연락처 번호만 쓰셔도 돼요."

고이시가 조심스럽게 말했다.

히사히코는 딱히 생각하는 기색도 없이 휙휙 써내려갔고, 1분도 안 돼서 고이시에게 서류철을 건네주었다.

"다테 히사히코 씨. 만 서른세 살이시군요. 사시는 곳은 롯
폰기힐스 아트타워레지던스……. 보나마나 어마어마한 집
이겠죠?"

고이시가 한숨을 내쉬었다.

"말이 집이지 매일 밤 회사 파티를 열어서 사무실 같은 곳
이에요. 39층이라 전망 하나는 좋지만."

"교토에는 그렇게 높은 빌딩은 없는데."

"그래서 교토 거리가 아름답지 않습니까. 저도 태어난 곳
이 시골 외딴섬이라 도쿄보다는 이런 곳이 훨씬 마음이 편
해요."

히사히코가 창밖으로 눈을 돌리며 말했다.

"고향이 어디세요?"

"세토나이카이의 도요시마라는 작은 섬이에요."

히사히코가 긴 다리를 꼬았다.

"어디 근처죠?"

"히로시마의 구레 시라는 곳을 아세요?"

"대강은 알아요."

고이시가 머릿속에 지도를 떠올렸다.

"그 근처예요. 지금은 다리가 놓였지만, 제가 살았던 무렵
에는 배 없이는 못 가는 외딴섬이었어요."

히사히코가 먼 곳을 바라보는 눈빛을 띠었다.

"찾으시는 게 그 무렵의 맛인가요?"

고이시가 본론으로 들어갔다.

"어릴 때 먹었던 고기감자조림을 찾고 싶습니다."

히사히코가 몸을 내밀며 말했다.

"어떤 고기감자조림이었죠?"

고이시가 공책을 펼치고 받아 적었다.

"기억이 안 나요. 어머니가 만들어준 건 확실하지만."

히사히코의 목소리가 낮아졌다.

"전혀요?"

"네."

"그럼, 곤란한데. 찾아낼 방법이 없잖아요. 뭐든 실마리가
없을까요?"

고이시가 그늘진 표정으로 물었다.

"만으로 다섯 살 때, 어머니가 병으로 돌아가시기 직전에
도요시마에서 오카야마의 고지마라는 곳으로 이사를 갔어
요. 그 후로는 대체로 기억이 나는데, 도요시마에 살았던 시
절은 기억이 너무 가물가물해서……."

"어머님께서 돌아가신 게 28년 전이네요."

고이시가 공책에 적어 넣었다.

"어머니와 같이 놀았던 거나 목욕했던 것, 섬 안을 탐험했던 기억은 어렴풋이 나는데, 요리의 맛까지는 전혀 기억이 안 나요. 맛있었다는 것밖에는."

"댁에서 하셨던 일은?"

고이시가 실마리를 찾아내려고 질문을 했다.

"식품 창고회사를 경영했어요. 섬에서 제일가는 부자라고 아버지께서 자주 자랑하시곤 했죠. 가정 형편이 유복했던 건 분명하지만, 그래봐야 시골의 작은 섬이잖아요."

히사히코가 고개를 살짝 숙이며 대답했다.

"그럼, 오카야마로 이사하신 후에도?"

고이시가 히사히코의 얼굴을 들여다보며 물었다.

"회사도 같이 옮겼는데, 2년쯤 지나서 도산하고 말았죠. 어머니 치료비가 불어나서 원하는 만큼 설비투자를 할 수 없었다고 나중에 아버지께서 말씀하셨어요."

"병을 오래 앓으셨나요?"

"1년 반 정도 투병하신 것 같아요. 난치병이라고 들었습니다."

히사히코의 목소리가 낮아졌다.

"아버님께서도 고생이 많으셨겠네요."

"그렇지도 않아요. 어머니가 돌아가시고 1년도 안 돼서 재혼했으니까. 그것도 어머니가 병상에 있을 때 간호를 했던 여자랑."

히사히코가 냉소적인 미소를 띠었다.

"어린아이에게는 엄마가 필요하다고 생각하셨겠죠."

"아무리 그래도 어머니의 병간호를 하던 분한테 어느 날 갑자기 엄마라고 부르라고 하면 당황스럽죠. 게다가 난데없이 일곱 살 많은 누나까지 생겼고."

"가족 분들의 성함을 말씀해주실 수 있나요?"

"아버지는 다테 히사나오. 어머니는 다테 기미에. 새어머니는 다테 사치코. 새어머니가 데려온 누나는 다테 미호입니다."

히사히코가 지극히 사무적으로 말하면서 고이시의 손을 내려다보았다.

"가족 분들은 지금 어떻게 지내세요?"

"아버지는 제가 초등학교를 졸업하던 해 봄에 돌아가셨어요. 그 후로 중학교, 고등학교 6년 동안은 새어머니랑 누나와 셋이 살았죠. 한 지붕 아래 저만 타인이었어요. 매일같이 숨이 막혔죠. 오카야마에서 고등학교를 졸업하자마자 집을 뛰쳐나와 바로 상경했습니다."

히사히코가 낮은 탁자로 시선을 떨어뜨렸다.

"그럼, 집을 나온 게 열여덟 살 때. 그 후로 15년……."

고이시가 손가락을 꼽으며 말했다.

"오로지 앞만 보고 달려와서 눈 깜짝할 사이였어요."

"오카야마에서 도쿄로 상경해서 성공을 거머쥐었는데, 왜 하필 지금 고기감자조림을?"

고이시가 펜을 쥔 손을 멈추며 물었다.

"《큐빅》이라는 여성잡지에서 취재를 나오기로 했어요."

"저도 알아요. 안다기보다 애독자예요. 우리 같은 30대 안팎 세대에게는 딱 맞는 잡지던데……. 혹시 '석세스맨'에 등장하세요?"

고이시가 눈을 반짝반짝 빛내며 양쪽 무릎을 앞으로 내밀었다.

"인터뷰가 다음 달로 예정되어 있어요. 몇 가지 코너가 있는데, 성공 비결이나 현재의 일상생활, 어머니의 추억의 맛을 소개하게 됐습니다."

히사히코가 대답했다.

"남자의 소울푸드는 어머니의 맛. 그런 코너 맞죠?"

고이시가 빠르게 펜을 굴리며 받아 적었다.

"나에게 어머니의 맛은 뭘까 생각하다 보니 불현듯 고기감자조림이 떠올랐어요."

히사히코의 목소리가 어두워졌다.

"어떤 요리였는지 맛도 기억나지 않는데?"

고이시가 의아한 표정으로 물었다.

"고기감자조림은 저의 소울푸드가 틀림없다는 걸 깨달았어요."

히사히코가 입술을 꽉 다물었다.

"그렇지만 기억이 안 나잖아요?"

고이시가 소파에 기대앉았다.

"맛있었다는 것과…… 어렴풋하긴 하지만 어머니의 고기감자조림은 전체적으로 붉은 기가 감돌았던 것 같은 기억이 나요. 그 정도밖에는……. 그렇지만 다른 고기감자조림 하나는 또렷하게 기억합니다."

히사히코가 미간에 주름을 잡으며 말했다.

"다른 고기감자조림?"

고이시가 몸을 일으키며 펜을 다시 쥐었다.

"중학교를 갓 졸업한 봄방학이었어요. 고등학교 입학 수속을 마치고 집으로 돌아왔는데, 벌써 저녁 준비가 되어 있었죠. 사치코 씨와 미호 누나는 외출하고 집에 없어서 별 생각 없이 부엌으로 가보니 고기감자조림 냄비가 두 개나 있었어요."

히사히코가 과거를 떠올리며 얘기하기 시작했다.

"냄비가 두 개나 있었다고요?"

고이시가 이상하다는 듯이 물었다.

"그래서 맛을 비교해보니 확연하게 달랐습니다. 제가 평소에 먹는 것보다 훨씬 맛있는 고기감자조림이 있었어요. 고기도 듬뿍 들어가 있었고. 그게 사치코 씨와 미호 누나 몫이었던 거죠. 내가 먹는 쪽에는 고기 같은 건 없었어요. 그런데도 식탁에 앉았을 때는 고기가 들어 있었죠. 조금은 양심에 찔렸나 봐요."

히사히코가 서글픈 목소리로 말했다.

"냄비 하나에 다 안 들어가서 두 개로 나눴을 것 같은데."

고이시가 위로로 받아들여질 수 있는 말을 건넸다.

"중학생이 되면 그 정도는 압니다. 줄곧 속았다 생각하니 피가 거꾸로 솟는 느낌이었고……. 역시 핏줄이 아니어서 차별받는다는 생각이 들었어요."

히사히코가 입술을 굳게 닫았다.

고이시는 무슨 말을 해줘야 할지 몰라 입을 다물고 있었다.

"그때 결심했습니다. 이 집에서 나가면 반드시 성공해서 두 사람에게 보란 듯이 보여주겠다고."

히사히코가 주먹을 불끈 쥐며 말했다.

"그렇지만 돌아가신 어머니가 만들어주셨던 고기감자조림은 어땠는지 전혀 기억이 안 난다? 정말 어렵네요."

고이시의 얼굴에 그늘이 드리워졌다.

"중요한 실마리가 아닐 수도 있지만, 도요시마에 살던 무렵에는 가정형편이 좋았으니 분명히 고급 고기를 썼을 겁니다. '보통 집에서는 이런 고기는 못 먹어.' 아버지께서 그렇게 말씀하셨던 기억이 나요."

히사히코가 자랑스러운 듯이 가슴을 펴며 말했다.

"제일 중요한 양념하는 방법을 모르면……. 좋은 고기를 썼다는 것만으로는 아무래도 좀."

고이시가 공책을 들척이며 몇 번이나 고개를 갸웃거렸다.

"그리고……."

히사히코가 말을 머뭇거렸다.

"뭔데요?"

고이시가 히사히코의 눈을 들여다보았다.

"왜 그런지 잘 모르겠지만, 돌아가신 어머니의 고기감자조림 얘기를 하면 머릿속에 산이 떠올라요."

"산? 고기감자조림과 산이라……. 이유가 뭘까?"

팔짱을 낀 고이시가 천장을 물끄러미 응시했다.

"뭐 하긴, 다섯 살도 되기 전의 기억이라……."

히사히코가 분위기를 바꾸며 밝게 말했다.

"고급 고기, 산, 그것만으로 재현하기는 좀 그러네요."

고이시가 한숨을 내쉬었다.

"혹시 안 되면, 일단 대안은 마련해 뒀으니 너무 걱정하진 마세요."

히사히코가 도전하는 듯한 시선을 고이시에게 던졌다.

"대안?"

"텔레비전에도 자주 나오는데, 요리의 달인으로 유명한 다테노 요시미 씨에게 부탁할 생각입니다. 일식 창작요리의 왕자라고 불리는데, 제 친한 친구예요. 그 친구라면 최고의 식재료를 써서 제가 어린 시절에 먹었을 법한 고기감자조림을 재현해줄 겁니다."

히사히코가 자랑스럽게 말했다.

화가 나긴 했지만, 고이시는 아무런 반응도 하지 않았다. 그리고 나가레의 기분을 배려해서 공책에 받아 적는 것도 하지 않았다.

"새어머니와 누나는?"

"성인식 때 도요시마에 갔는데, 그때 집에 들른 게 마지막이에요."

"13년이나 안 만났다고요?"

"만날 필요가 없으니까."

히사히코가 차디찬 표정을 지었다.

"알겠습니다. 열심히 찾아볼게요."

고이시가 공책을 덮었다.

"취재가 다음 달이니 그 일정을 고려해서 찾아주실 수 있을까요? 어렵겠다 싶으면 일찍 연락주세요. 다음 방법을 선택할 테니까."

자리에서 일어선 히사히코가 고이시를 내려다보며 말했다.

히사히코가 훤히 안다는 듯이 복도를 성큼성큼 걸어가 식당으로 통하는 문을 열었다.

"벌써 끝나셨어요?"

나가레가 읽고 있던 신문을 부랴부랴 접었다.

"아가씨가 요령 있게 잘 들어주셔서요."

히사히코가 뒤에서 따라오는 고이시를 돌아보며 말했다.

"최대한 빨리 찾아보도록 하겠습니다."

나가레가 일어서서 허리를 굽혔다.

"찾는 대로 연락 부탁드립니다. 바로 찾아뵙겠습니다."

히사히코도 나가레에게 인사를 했다.

"사업을 많이 하셔서 늘 바쁘시겠어요."

"이래봬도 의외로 한가합니다. 우수한 직원이 많거든요. 새카만 간장라면 한 그릇을 먹으려고 교토를 찾을 때도 있어요."

히사히코가 생긋 웃으며 말했다.

"아카네 씨에게도 각별히 부탁을 받았으니 열심히 찾아보겠습니다."

나가레가 미소로 답했다.

두 사람의 대화를 말없이 듣고 있던 고이시가 미닫이문을 열었다.

"그럼, 잘 부탁드립니다."

히사히코가 현관을 나서자, 얼룩고양이가 그에게 달려들었다.

"얘, 옷 더럽히면 안 돼!"

고이시가 허둥지둥 낮잠을 끌어안았다.

히사히코는 고양이 따윈 안중에도 없다는 듯이 서쪽을 향해 유유히 걸어갔다.

"아빠, 아무것도 안 물어봐도 되겠어? 상당히 어려울 것 같은데."

식당으로 돌아온 고이시가 나가레를 바라보며 불안한 표

정을 지었다.

"찾는 음식이 뭔데?"

나가레가 파이프 의자에 앉았다.

"고기감자조림."

맞은편에 앉은 고이시가 대답했다.

"예상했던 대로군. 돌아가신 어머님이 해준 요리지?"

나가레가 자신 있게 미소를 지었다.

"예상했던 대로라니?"

"한 달 전쯤인가, 아카네 씨한테 부탁을 받았어. 다테 히사
히코라는 남자를 좀 조사해달라고. 그 남자 밑에서 일해도
좋을지 어떨지. 그래서 그 사람에 관해서는 대략 조사를 해
봤지. 어디서 태어났고, 어떻게 자랐고, 지금은 어떤 식으로
일하는지 등등."

나가레가 선반에서 파일 케이스를 꺼냈다.

"그래서 갑자기 도쿄에 갔었구나. 아카네 씨를 만나러."

고이시가 목소리를 낮추며 말했다.

"모른 척할 순 없잖니. 다급한 목소리로 전화하는데."

나가레가 파일을 훑어보았다.

"아빠."

고이시가 심각한 표정으로 나가레를 쳐다보았다.

"왜?"

나가레가 얼굴을 들었다.

"……아무것도 아니야."

고이시가 시선을 피하며 자리에서 일어섰다.

"녀석, 싱겁기는."

나가레가 파일을 넘겼다.

"우리 엄마 고기감자조림은 어땠지?"

고이시가 얘기의 방향을 틀었다.

"평범한 고기감자조림이었지. 밑간한 소고기, 양파, 당근, 실곤약. 감자는 알감자를 썼고. 약간 달달하게 조리는 게 엄마 습관이었어."

손을 멈춘 나가레가 먼 곳으로 시선을 던졌다.

"아빠가 하는 거랑 똑같네."

고이시가 웃었다.

"부부 아니냐."

나가레가 파일 케이스를 덮고, 고이시가 메모한 공책을 펼쳤다.

"다테 씨 얘기로는 고급 고기를 썼던 것 같아. 그 당시에는 유복하게 살았대. 왠지 마음에 안 든단 말이야, 이런 얘기는."

고이시가 코를 살짝 찡그렸다.

"의뢰를 받은 이상, 마음에 들고 안 들 것도 없어."

나가레가 공책에서 눈을 떼지 않은 채 단호하게 말했다.

"그거 좀 서툴긴 해도 산 그림이야."

고이시가 공책 한구석에 그려진 후지산처럼 생긴 그림을 가리켰다.

"산이라. 산이란 말이지……. 나, 오카야마에 좀 다녀와야겠다."

나가레가 지도를 펼쳤다.

"오카야마? 찾는 음식은 히로시마 시절에 먹었던 고기감자조림인데?"

"당연히 양쪽 다 가야지. 하지만 오카야마가 먼저야."

나가레가 지도를 가리키며 말했다.

"오카야마라. 그럼, 선물은 수수경단이겠네."

고이시가 나가레의 어깨를 두드렸다.

◇◇◇◇◇◇◇◇◇◇◇◇◇◇◇◇◇◇◇◇◇◇◇◇◇◇◇◇◇◇◇◇◇

진짜 어머니의 맛, 고기감자조림

벚꽃이 절정에 달한 교토는 이루 말할 수 없이 혼잡했다. 히사히코는 그럴 거라 예측하고 신칸센을 타고 오면서 택시를 미리 예약해두었다.

하치조 출구 동쪽 끝에서 기다리고 있던 검은색 세단에 올라탄 히사히코는 '가모가와 식당'의 위치를 택시 기사에게 알려주었다.

"이 일을 한 지 30년이 됐지만, 그런 식당은 들어본 적도 없어요. 무슨 명물이라도 있습니까?"

택시 기사가 백미러 너머로 물었다.

"오늘은 고기감자조림인 것 같더군요. 그날그날 메뉴는 다른 모양이지만."

히사히코가 차창 밖으로 흘러가는 교토 경치를 실눈으로 바라보며 대답했다.

간선도로든 좁은 지름길이든 어디나 자동차들로 넘쳐났다. 히사히코가 손목시계를 몇 번이나 힐끗거리며 눈썹을 찡그렸다.

택시를 탄 지 15분도 더 지나서 가까스로 도착했을 때는 히사히코 역시 언짢은 표정을 감출 수가 없었다.

"거스름돈은 됐으니까 얼른 문부터 열어주시죠."

히사히코는 부랴부랴 문을 열어주는 택시 기사를 본 체 만 체하며 '가모가와 식당' 앞에 섰다.

"어서 오세요. 기다리고 있었어요."

기척을 알아챈 고이시가 미닫이문을 열었다.

"연락 주셔서 감사합니다."

히사히코가 베이지색 스프링코트를 벗으며, 식당으로 들어갔다.

"길이 많이 막히죠?"

나가레가 부드럽게 미소를 지으며 주방에서 나왔다.

"어느 정도 각오는 했지만……."

검은 셔츠를 입은 히사히코가 어깨를 움츠렸다.

"오늘은 배는 안 고프신가요?"

"시간이 이 정도 됐으니, 조금은 고프죠."

히사히코가 11시 반이 갓 지난 벽시계를 곁눈질로 보며 살짝 웃었다.

"고기감자조림만 내놓기는 뭣해서 정식풍으로 준비했습니다. 흰 쌀밥과 같이 드셔야 맛도 더 잘 느낄 수 있을 테니까요. 금방 내올 테니 조금만 기다려주십시오."

나가레가 표정을 다잡으며 주방으로 들어갔다.

히사히코는 파이프 의자에 앉아 가방에서 스마트폰을 꺼냈다.

"이거 보실래요?"

히사히코가 고이시에게 화면을 돌려주며 말했다.

"프랑스 요리예요?"

고이시가 화면을 바짝 들여다보며 물었다.

"다테노가 시험 삼아 만들어준 제 추억의 고기감자조림입니다."

히사히코가 양쪽 뺨을 풀면서 웃었다.

"이게 고기감자조림이라고요?"

고이시가 눈을 휘둥그레 떴다.

"고기는 마쓰사카 소고기 A5 등급, 감자는 홋카이도산 노잔루비(알맹이는 보랏빛을 띠고 형태는 고구마처럼 생긴 감자 품종의 하나),

양쪽 다 최고급품입니다. 양념으로 사용한 간장은 지바 현의 시모우사 간장, 설탕은 전통과자를 만들 때 쓰는 고급 백설 탕인 와산본 설탕. 물론 우리 어머니가 이런 재료를 쓰지는 않았겠지만, 지금 자기가 상상해본다면 이 정도 수준의 고기 감자조림이 아니었을까 하더군요."

히사히코가 가슴을 펴면서 말했다.

"얇게 썬 등심으로 이 보랏빛 감자를 싸먹나요? 아무리 봐도 고기감자조림으로는 안 보이는데."

고이시가 시큰둥하게 말했다.

"오래 기다리셨습니다."

쟁반을 들고 나온 나가레가 히사히코 옆에 섰다.

"여기서 주시는 음식을 먹어보고, 취재 때 어느 쪽을 쓸지 결정하기로 했어요."

히사히코가 스마트폰을 가방에 넣는 것을 확인하고, 나가 레가 자그마한 쟁반을 탁자에 내려놓았다.

"이게 어머니의……."

히사히코가 쟁반을 덮칠 듯이 몸을 숙이고, 요리를 찬찬히 살폈다.

고이마리 구라완카(에도시대에 일반 서민들이 폭넓게 사용한 도자기 그릇, 현재에도 나가사키나 오사카 등에서 생산됨) 사발에 고기감자조림이 듬뿍 담겨 있었다. 코발트 안료로 선명한 선을 그려 넣은 밥공기에는 흰 쌀밥이 수북이 담겨 있고, 작은 시가라키야키 (시가 현 시가라키를 중심으로 생산되는 도자기) 접시에는 히로시마나 (히로시마에서 생산되는 녹색 채소로 배추의 일종) 절임이 담겨 있었다. 네고로 칠기 사발에서 김이 모락모락 피어올랐다.

"당신의 어머님이 만드셨던 고기감자조림입니다. 밥은 히로시마산 '고시히카리'로 지었습니다. 찰기가 있는 쌀이죠. 이 쌀로 조금 질게 지은 밥을 당신이 즐겨 먹었다고 합니다."

"내가 즐겨 먹어요? 그걸 어떻게?"

"일단 먼저 드시고, 얘기는 나중에 하죠. 절임 채소는 묵은 히로시마나 절임이고 된장국은 도미 뼈로 국물을 냈습니다. 건더기는 오토시타마고(맑은 장국이나 된장국에 달걀을 깨서 풀어지지 않게 넣은 요리)뿐입니다. 모두 당신이 좋아하는 음식이죠? 천천히 많이 드십시오."

나가레가 가볍게 고개를 숙이고 자리를 뜨자, 고이시가 그 뒤를 따라갔다.

히사히코는 먼저 고기감자조림의 냄새를 맡아보고, 고개를 크게 끄덕거렸다.

젓가락으로 고기감자조림의 고기부터 집어서 입에 넣고 씹던 히사히코가 곧바로 고개를 갸웃거렸다. 감자와 양파를 먹고, 오른쪽 뺨을 부드럽게 풀었다. 다시 한 번 맛을 보려는 지, 고기를 집어서 찬찬히 살펴본 후 입안에 넣었다. 그리고 또다시 고개를 갸웃거렸다.

사발을 손에 들고 된장국을 마셨다. 짧은 한숨을 내쉬었 다. 젓가락으로 달걀을 깨뜨리고 사발을 기울여 마신 후, 왼 쪽 뺨을 풀며 웃었다. 히로시마나 절임을 살짝 펼쳐서 흰 쌀 밥을 싸먹었다. 이번에는 양쪽 뺨이 다 풀어졌다.

등을 한 번 곧게 편 후, 다시 고기감자조림의 고기를 집어 서 밥 위에 올려 입안에 넣었다. 몇 번이나 천천히 씹은 후에 히사히코가 젓가락을 내려놓았다.

"어떻습니까? 그리운 맛이 나죠?"

마시코야키 찻주전자를 들고 나온 나가레가 히사히코 옆 에 섰다.

"된장국도 채소절임도 밥도 모두 옛 맛을 떠올리며 맛있 게 먹었습니다. 그런데 고기감자조림만 달랐어요. 가모가와 씨, 이 고기감자조림은 저희 어머니가 아니라 사치코 씨가 만들었던 맛이에요. 제가 찾고 싶었던 건 친어머니가 만들어 준 고기감자조림이었어요. 뭔가 착각을 하신 것 같군요. 안 타깝지만 다시 찾을 시간은 없습니다. 물론 탐정 비용은 지 불하겠습니다. 명함에 적힌 주소로 청구서를 보내주세요."

히사히코가 일어서서 돌아갈 채비를 시작했다.

"잠깐만 기다려주세요……."

고이시가 히사히코와 나가레의 얼굴을 번갈아보며 안절부절못했다.

"확실하게 기억하고 계셨군요. 말씀하신 대로 이건 다테 사치코 씨가 만든 고기감자조림입니다."

나가레가 아무렇지 않게 받아넘겼다.

"이런 고기감자조림을 찾아달라고 부탁하진 않았는데요."

히사히코가 코웃음을 치며 베이지색 코트를 걸쳤다.

"아뇨, 찾으셨던 고기감자조림은 바로 이겁니다."

나가레가 히사히코의 눈을 똑바로 쳐다보며 말했다.

"이상한 소리를 하시네. 내가 찾았던 음식은 우리 어머니 기미에 씨가 만들어준 고기감자조림이란 말입니다. 이건 사치코 씨가 만들었던 고기감자조림이에요. 색도 전혀 다르고, 완전히 다른 음식 아닙니까?"

히사히코가 빠른 말투로 받아쳤다.

"다른 음식이 아닙니다. 같은 겁니다."

"같을 리가 없잖아요! 우리 어머니랑 사치코 씨는 다른 사람이에요."

히사히코가 낯빛을 바꾸며 말했다.

"급한 일이 있으면 그만 돌아가셔도 됩니다. 손님의 의향에 맞추지 못했다면 요금은 필요 없습니다. 그렇지만 제 얘기를 들어볼 생각이 있으시면, 잠깐 자리에 앉아주십시오."

나가레가 히사히코에게 부드러운 미소를 지으며 말했다.

"딱히 급한 일이 있는 건 아니에요."

히사히코가 코트를 벗고 떨떠름한 표정으로 파이프 의자에 앉았다.

"당신이 말씀하신 대로 이 레시피는 사치코 씨에게 들었습니다. 그래서 색깔이 빨갛지 않죠. 하지만 나머지는 완전히 똑같을 게 틀림없어요. 사치코 씨는 건강하게 지내고 계시더군요. 고지마 변두리에 있는 작은 집을 방문하고 왔습니다."

빨간 함석지붕의 단층집. 나가레가 아담한 집이 찍힌 사진을 히사히코에게 보여주었다.

"아직도 이 집에서?"

히사히코가 놀란 표정으로 사진을 건네받았다.

"7년 전 미호 씨가 시집을 가서 사치코 씨 혼자 이 집을 지키고 계셨습니다. 당신의 방도 그대로 남겨뒀더군요."

"……."

히사히코의 시선은 사진 한 장에 모아져 있었다.

"이 고기감자조림 말인데, 실은 당신의 어머니인 기미에 씨가 사치코 씨에게 넘겨주신 레시피입니다. 이 공책에 어떤 재료를 쓰고 어떻게 양념하라고 자세하게 쓰여 있습니다. 어렵게 부탁해서 빌려왔습니다."

나가레가 완전히 색이 바랜 공책을 탁자 위에 내려놓았다.

"'히사히코의 음식'. 어머니가 이걸?"

표지 제목을 힐끗 본 히사히코가 황급히 공책을 펼쳤다.

"병약하셨던 어머님은 당신을 끝까지 돌볼 수 없다는 걸 아셨겠죠. 그래서 후처가 될 사치코 씨에게 부탁했던 겁니다. 편식 성향이 있었던 당신이 어떤 음식을 잘 먹는지, 뭘 싫어하는지 빠짐없이 기록해뒀습니다."

"어머니가 사치코 씨에게……."

히사히코가 페이지를 넘기며 파고들 듯이 문장을 읽어 나갔다.

"고기감자조림은 다섯 번째 항목에 있습니다."

나가레의 말에 히사히코가 부랴부랴 페이지를 앞으로 되돌렸다.

"도요시마에 있는 구레는 고기감자조림의 발상지라고 일컬어집니다. 그 구레 방식 조리법은 감자가 뭉그러지지 않도록 메이퀸 감자를 쓰는데, 기미에 씨는 섬 근처의 특산품이었던 아카사키 감자를 썼습니다. '데지마'라는 품종인데 지금도 인기가 많은 감자죠. 양파는 아와지시마산, 간장은 쇼도시마산. 30년도 전에 식재료에 이렇게까지 세심하게 신경을 썼다는 건 대단한 일입니다. 당신을 소중하게 키우신 거죠."

"이 야마토니(소고기를 간장, 설탕, 생강 등에 넣고 삶아서 통조림으로 만든 식품)는 혹시……."

히사히코가 공책에 시선이 박힌 채로 중얼거렸다.

"맞습니다. 통조림이죠. 소고기 야마토니. 공책에도 쓰여 있지만, 그 무렵에 도요시마에는 질 좋은 소고기를 안정되게 공급하는 가게가 없었겠죠. 당신이 지방이 많은 고기는 잘 못 먹었던 모양인지, 늘 같은 질을 유지하는 살코기 통조림을 쓰셨어요. 식품 창고회사를 경영하셨다니까 손쉽게 구할 수 있다는 이유도 있었겠지만."

나가레가 통조림을 탁자에 내려놓고 말을 이었다.

"부모님이 나누는 대화에서 야마토니라는 말이 나왔죠. 그 말을 들은 당신은 산을 연상했을 겁니다('야마'는 산이라는 뜻). 어린아이에게는 야마 大和라는 상표명이 떠오르진 않았을 테니까."

나가레가 통조림에 적힌 야마토니大和煮라는 글자를 손가락으로 짚었다.

"그래서 산이⋯⋯."

통조림을 만지며 히사히코의 표정이 부드러워졌다.

"당신이 고기감자조림이 붉었다고 기억하는 까닭은 어릴 때 당근을 잘 못 먹던 당신을 위해 어머니가 으깨서 조렸기 때문입니다. 그렇지만 사치코 씨에게 조리법을 넘겨줄 무렵에는 당근을 형태 그대로 넣어도 먹을 수 있게 됐죠. 색이 다른 까닭은 그래서입니다. 또 한 가지, 냄비가 두 개 있었을 때, 한쪽에 고기가 없었던 것은 야마토니였기 때문입니다. 통조림은 이미 익혀진 데다 간도 배어 있었으니 먹기 직전에 넣었겠죠. 지방이 거의 없어서 너무 오래 조리면 오히려 질겨진다고 생각했을 겁니다."

"지금은 마블링 있는 고기를 더 좋아하는데."

히사히코가 통조림을 집어 들며 말했다.

"좋은 고기의 지방은 맛있지만 질이 떨어지면 안 좋죠. 나이가 들면서 입맛도 변하게 마련인데, 사치코 씨는 어머니에게 전해 들은 레시피를 충실하게 지키려고 했을 겁니다. 성실한 분이셨어요."

현관 앞에 서 있는 사치코 씨의 사진을 가만히 내려놓았다.

"작아지셨네."

히사히코의 눈동자가 어렴풋이 촉촉해졌다.

"묵은 히로시마나 절임, 오토시타마고 된장국은 필적이 다르니까 어머니께 전달받은 게 아니에요. 사치코 씨가 새로 써넣은 조리법일 겁니다."

나가레가 찻주전자를 기울이며 말했다.

"이런 공책이 있을 줄이야."

히사히코가 공책을 덮고 표지를 부드럽게 어루만졌다.

"당신이 먹은 고기감자조림은 두 가지가 아니라 한 가지였어요. 두 어머니께서 릴레이를 한 겁니다."

"그럼, 사치코 씨는 굳이 번거롭게 내가 먹을 고기감자조림을 따로……."

히사히코가 허공에 시선을 던지고, 냄비 두 개를 떠올렸다.

"그렇긴 하지만, 요즘 인기 있는 여성잡지에 실을 거면, 요리 달인이 만든 쪽이 더 낫겠죠. 조금 전에 힐끗 봤습니다만, 당신 이미지에는 그쪽이 잘 맞는다고 봅니다. 통조림 고기를 썼다고 하면 너무 없어 보이잖습니까."

"……."

히사히코는 말없이 공책 표지를 손가락으로 더듬었다.

"사치코 씨는 당신이 성공을 거두고 활약하는 모습을 매우 기쁘게 여기셨습니다. 당신의 기사들을 오려서 빽빽하게 스크랩을 만들어뒀더군요. 매년 연말이 되면 많은 돈을 송금해주셨지요? 무척 고마워하셨습니다. 하지만 단 한 푼도 손대지 않고, 고스란히 남겨뒀다고 하시더군요."

"집을 다시 짓거나 새로 샀으면 했는데……."

나가레의 얘기를 듣고 히사히코가 희미하게 씁쓸한 미소를 지었다.

"아들이 높은 자리에 오르면 기쁜 반면에 한편으로는 언제 아래로 떨어질까 노심초사하게 마련입니다. 만에 하나 그런 때가 오면 당신에게 돌려줘야 한다고 생각하고 계시겠죠. 핏줄이 통하든 안 통하든 부모는 늘 자식의 장래를 걱정하게 마련이에요. 그게 어머니라는 존재입니다."

나가레가 타이르는 말투로 얘기했다.

"여러 가지로 고마웠습니다. 지난번에 먹은 식사와 같이 계산 부탁드립니다."

히사히코가 고이시에게 얼굴을 돌렸다.

"적당하다고 생각하는 금액을 여기로 송금해주세요."

고이시가 메모지를 건네주었다.

"이 공책과 통조림, 제가 가져가도 될까요?"

히사히코가 나가레에게 물었다.

"가져가시죠. 짐이 되겠지만, 통조림은 다섯 개나 준비했습니다."

나가레가 히사히코의 눈을 똑바로 쳐다보며 말했다.

"종이봉투를 가져올게요."

고이시가 책장 문을 열었다.

"가방에 넣으면 되니까 괜찮습니다."

말이 끝나기가 무섭게 히사히코가 가방 속에 집어넣고 품에 꼭 끌어안았다.

"《큐빅》기대할게요."

고이시가 미닫이문을 열고 히사히코에게 말했다.

"발매되면 보내드리겠습니다."

그렇게 대답하는 히사히코의 발밑으로 낮잠이 슬그머니 다가왔다.

"고양이는 좋겠다. 세상 편하게 살아서. 이름이 뭐랬죠?"

웅크려 앉은 히사히코가 낮잠의 머리를 쓰다듬었다.

"낮잠이에요. 늘 낮잠만 자서."

고이시가 그 옆에 웅크려 앉자, 낮잠이 소리 내어 한 번 울었다.

"아카네 씨에게 안부 전해주십시오."

옷자락을 털며 일어선 히사히코에게 나가레가 말을 건넸다.

"무례한 질문일지 모르지만, 다이도지 씨와는 어떤 관계이신지?"

히사히코가 나가레에게 얼굴을 돌리며 물었다.

"먼저 세상을 떠난 아내의 친구입니다. 아카네 씨와는 우리가 결혼하기 전부터 가깝게 지냈죠. 여동생처럼 여기고 있습니다."

"그래서《요리춘추》에 광고를……."

납득이 됐는지 히사히코가 고개를 끄덕였다.

"식도락 정보 같은 가벼운 내용이 아니라, 음식에 관해 제대로 다루는 잡지예요. 거기에 광고를 내면 진지하게 음식을 찾는 사람이 찾아올 것이다, 인연이 있는 분만 여기까지 올 수 있다, 그런 생각으로 낸 광고였죠."

나가레가 말을 마치고, 입술을 한일자로 굳게 닫았다.

"아카네 씨와《요리춘추》, 잘 지켜주세요."

고이시가 고개를 숙이며 말했다.

인사를 마친 히사히코가 서쪽을 향해 걸음을 내디뎠다. 그 등에 대고 나가레가 허리를 굽히자, 고이시도 따라서 인사를 했다.

"어떤 고기감자조림을 낼 것 같아?"

식당으로 돌아오자마자 고이시가 나가레에게 물었다.

"어느 쪽이든 상관없어."

나가레가 무뚝뚝하게 대답했다.

"지난번에 왔을 때는 본 척도 안 하더니, 오늘은 웬일로 낮잠 머리까지 쓰다듬어주네. 심경의 변화가 생긴 건가?"

고이시가 팔짱을 끼며 말했다.

"너도 이제 보는 눈이 좀 생긴 것 같구나."

"아빠도 알아챘어?"

"당연하지. 그보다 오늘 밤에는 벚꽃 구경이나 하러 갈까. 꽃놀이 도시락 만들어서."

"좋지. 술도 잔뜩 싸들고 가자. 어디로 갈까?"

"가모 강의 나카라기 길 올벚나무가 한창 좋을 때니까 지하철로 기타오지 역까지 갈까 하는데."

"엄마가 쓸쓸해할까?"

고이시가 불단으로 시선을 던지며 물었다.

"도시락을 3인분 만들어서 사진도 들고 가면 되겠지."

나가레가 주방으로 발길을 돌렸다.

"맞다, 그것도 갖고 가자."

거실로 뛰어올라간 고이시가 옷장 서랍을 열었다.

"뭔데?"

나가레가 뒤따라가서 들여다봤다.

"엄마가 유난히 좋아했던 벚꽃으로 물들인 숄, 기억나?"

고이시가 핑크빛 숄을 가슴에 댔다.

"당연히 기억하지. 신슈로 여행 갔을 때 샀는데, 돌아오는 기차 안에 깜박하고 왔잖아. 네 엄마가 큰일 났다고 울고불고 난리를 쳐서 애 좀 먹었지. 숄이 무사히 돌아왔을 때는 또다시 기뻐서 울었고……."

나가레의 눈동자가 촉촉해졌다.

"우리는 엄마가 한 명뿐이라 다행이야."

숄을 끌어안은 고이시의 뺨으로 눈물이 흘러내렸다.

"점점 더 네 엄마를 닮아가는구나."

나가레가 실눈을 뜨며 말했다.

마음을 데워주는 추억의 '감칠맛'

최근에 가장 주목받는 트렌드라면, 단연 '먹방·쿡방 전성시대'를 꼽을 수 있을 것이다. 세상은 온통 음식과 요리 열풍으로 뜨겁게 달아오르고 있다. 비단 우리나라에만 국한된 현상은 아니고, 세계적인 추세로 봐야 할 것 같다. "요리하고 밥하는 게 살림의 영역에서 문화의 영역으로 넘어왔고, 하나의 장르로 남을 것"이라는 긍정적인 평가가 있는 반면, "계속되는 불황에 원대한 꿈을 꿔서 좌절하기보다는 실천 가능한 것을 하려는 사람들이 많아졌기 때문"이라는 상대적 빈곤감의 도피처로 해석하는 견해도 있다. 양쪽 다 설득력 있는 의견이며, 그것이 문화든 도피처든 긍정적인 방향을 모색해가기 위해서는 다양한 열린 시각이 항상 전

제되어야 한다. 그런 면에서 보면, 이 책은 매우 뛰어난 균형 감각을 가진 작품이라 할 수 있겠다. 정도의 차이는 있겠지만, 어쨌거나 늘 허기를 느낄 수밖에 없는 치열한 삶을 사는 현대인들의 몸과 마음에 고루 포만감을 안겨주는 따뜻한 내용이니까.

요리 전문잡지에 실린 단 한 줄짜리 광고, '가모가와 식당 · 가모가와 탐정사무소 — 음식을 찾습니다'. 호기심을 자극하기에는 더할 나위 없는 문구다. 그런데 정작 중요한 주소나 연락처는 어디에도 보이지 않는다. "뭐야, 이게?" "뭘 어쩌라고?" "장난해?" 광고를 본 독자들의 갑갑한 심정이 숱한 말풍선들로 눈앞에 훤히 떠오른다. 식당 주인인 가모가와 나가레의 속내를 잠깐 변호하자면 이렇다. "사람의 인연이란 게 참 신기해서 만나야 할 사람은 반드시 만나게 돼 있습니다. 그것과 마찬가지로 인연이 있는 분은 여기까지 꼭 찾아오세요. 그런 인연을 소중히 여길 생각입니다." 뭐 하긴, 이 책에는 그 한 줄에 의지해서 찾아온 의뢰인이 여섯 명이나 있었으니 그 말이 전혀 허무맹랑한 주장이 아님은 증명된 셈이다. 음식과 관련된 온갖 입소문 사이트와 블로그들이 만연하는 시대에, 바르르 끓다 마는 양은냄비 같은 시류를 조용히, 그러나 단호하게 거부하는 굳은 심지에서 진솔함이 묻어난다.

　그런데 산 너머 산이라고 어렵게 주소를 구해서 찾아와
도 여간해선 찾기 어렵긴 마찬가지다. 교토의 한적한 골목
길에 자리 잡은 '가모가와 식당'은 겉모습부터가 범상치 않
다. 간판 한 장 안 걸려 있고, 포렴도 없고, 심지어 식당 안
에 메뉴조차 없다. 아무리 봐도 진즉에 장사를 접은 살풍경
한 상가 건물일 뿐이다. 그런 무뚝뚝한 겉모습으로 멀리서
온 손님을 거부하는 한편, 주위에 감도는 음식점 특유의 냄
새와 안에서 풍기는 온기는 은근한 손짓 같기도 하다. 아무
튼 예사로운 거라곤 하나 없는 괴짜 식당이다. 그렇다 보니
아무래도 이곳을 찾는 손님은 이 식당에 꼭 볼일이 있는 사
람으로 한정되게 마련이다. 일반 식당이라 자칭하지만, 실
은 고급음식점에 절대 뒤지지 않는 솜씨를 가진 주인의 요
리를 맛보기 위해서거나 사연 있는 음식을 찾으러 오거나
둘 중 하나다. '음식 찾기'는 이 식당의 제2의 사업이라고
할 만한 분야로 손님이 꼭 알고 싶어 하고, 다시 한 번 먹어
보고 싶어 하는 요리를 찾아내서 재현해주는 서비스를 제
공한다. 참고로 탐정 보수는 요리를 먹어본 후, 손님 각자가
결정해서 적정한 금액을 지불하는 시스템이다.

　대부분의 손님은 이미 이 세상에는 없는 소중한 사람과

의 접점이 된 요리를 찾아달라고 부탁한다. 먼저 세상을 떠난 아내가 수없이 만들어줬던 뚝배기 우동. 어릴 때 병으로 돌아가신 어머니가 만들어줬던 고기감자조림. 프러포즈를 받고도 제대로 대답조차 못한 남자와 50여 년 전에 함께 먹었던 비프스튜⋯⋯. 이렇다 할 특별한 요리들은 아니지만 세상에 단 하나밖에 없는, 그 무엇과도 바꿀 수 없는 소중한 음식이다. 그러나 그들의 기억은 모두 세월의 풍파에 흐릿해져서 '음식 찾기'는 매번 난항에 부딪친다. 그럼에도 전직 형사였던 나가레는 식재료와 조리법에 관한 방대한 지식을 구사하며 일찍이 그것을 만들고 먹여줬던 사람들의 마음속으로 파고들어가 완벽하고 훌륭하게 그 맛을 찾아내고, 결과적으로는 그 기억까지 재현해낸다. 이쯤에서 잠깐 의문이 드는 독자도 있을 것이다. 이 책의 장르는 대체 뭐지? 요리책, 휴먼드라마, 아니면 추리소설? 굳이 말하자면 그 모든 요소가 어우러진, 퓨전음식쯤 되는 연작소설이라고 할까.

사실 어떤 형태로든 누구에게나 잊지 못할 자기만의 사랑 하나쯤 가슴 깊이 있듯이, 잊지 못할 음식도 한두 개쯤 있게 마련이다. 그런 아련한 추억의 음식은 그리운 과거를 환기시키는 동시에 현재 삶의 기쁨을 실감하게 해주고, 내일을 살아갈 용기까지 부여해준다. 그것이야말로 음식, 그리고 '먹는다'는 행위가 가진 진정한 의미일지 모른다. 따라서 나가레가 찾아내는 것은 단순한 음식에서 그치지 않는다. 거기에 깃든 의뢰인의 마음과 추억까지 새삼 다시 일깨워주는 것이다. 그렇기에 읽는 이에게까지 그 감동과 치유의 힘이 고스란히 전해진다. 여기에 더하여, 국내 독자에게는 조금 낯설겠지만, 처음 식당을 찾은 손님에게 대접하는 정통 교토요리도 다양하게 소개되어서 상상으로나마 호사를 누릴 수 있다. 또한 등장인물의 따뜻한 인간미와 마치 눈앞에서 대화를 주고받는 듯한 친근감, 생생한 현장의 공기가 부록처럼 덧붙으며 감칠맛을 더한다. 불필요한 미사여구를 과감히 들어낸 간결한 문체도 주인장의 인격처럼 담백하다.

기억은 단일한 자체로 존재하는 게 아니라 사람의 관계성이나 그때의 상황을 통해 인상에 남겨지는 일종의 선택적 결과다. 음식의 맛과 관련된 기억도 마찬가지다. 언제 어디서 누구와 어떻게 먹었느냐가 매우 중요하다는 사실을 새삼 깨닫게 된다.

물론 '가모가와 식당'은 실재하지 않는다. 하지만 책에 푹 빠져 있다 보면 어느새 '어쩌면 교토에는 진짜 이런 가게가 있을지 몰라' 하고 무심코 상상해버리고 만다. 혹시 우리나라에도 이런 식당이 생긴다면 꼭 한번 가보고 싶다. 어쩌면 이미 있을지도……. 그렇다면 나는 과연 어떤 음식을 찾아달라고 부탁할까 벌써부터 행복한 고민에 빠진다.

맛을 찾는 탐정사무소
가모가와 식당

© 가시와이 히사시, 2016

초판 1쇄 발행일 2016년 5월 16일
초판 4쇄 발행일 2020년 4월 29일

지은이 가시와이 히사시
옮긴이 이영미

펴낸이 임홍빈
펴낸곳 (주)문학사상
주소 경기도 파주시 회동길 363-8, 201호(10881)
등록 1973년 3월 21일 제1-137호
전화 031)946-8503
팩스 031)955-9912
홈페이지 www.munsa.co.kr
이메일 munsa@munsa.co.kr

ISBN 978-89-7012-573-2 03830
       978-89-7012-105-5(set)

이 도서의 국립중앙도서관 출판예정도서목록(CIP)은 서지정보유통지원시스템 홈페이지
(http://seoji.nl.go.kr)와 국가자료공동목록시스템(http://www.nl.go.kr/kolisnet)에서
이용하실 수 있습니다. (CIP제어번호: 2016007202)